LE PASSEUR

Franck Mancuso

LE PASSEUR

Naître, vivre, mourir…

thriller

RÉCAMIER

92, avenue de France
75013 Paris
Tél. : 01 44 16 09 00
Fax : 01 44 16 09 01
www.editions-recamier.fr
www.lisez.com

Mise en page : PCA
Dépôt légal : octobre 2024
ISBN : 978-2-38577-155-3

À Agnès et Gabriel,
à mes parents, Arlette et Giuseppe

Sans croire tout à fait aux mythes,
je ne leur refuse pas non plus tout crédit.
Ils ne mentent pas et, par quelque chance divine,
ils rencontrent même la vérité lorsqu'ils disent que
les amants remontent du royaume des morts
à la lumière du jour.

Plutarque

Les Grecs imaginaient le monde sous la forme de trois disques superposés.

Le disque central, la Terre, était celui où vivaient les mortels.

Le disque supérieur, le Ciel, était celui où vivaient les dieux.

Le disque inférieur, les Enfers, était celui des morts.

Une fois la cérémonie mortuaire accomplie, le défunt descendait aux Enfers et se présentait sur les berges du Styx, qu'il devait traverser sur la barque d'un vieux nocher après lui avoir versé l'obole que ses proches avaient pris soin de placer dans sa bouche lors de ses funérailles.

Une fois le fleuve franchi, il arrivait sur une île centrale séparée en deux parties. L'une, appelée Champs-Élysées, *était le séjour des bienheureux. L'autre, appelée* Tartare, *était le lieu des supplices éternels.*

Après avoir comparu devant Minos, Éaque et Rhadamanthe, les trois juges des Enfers, il était conduit vers l'une ou l'autre partie pour y subir son sort, et y effectuait un séjour plus ou moins long en attendant une éventuelle réincarnation.

De son côté, le nocher reprenait sa barque et s'en retournait sur l'autre rive chercher un nouveau client.

Les Grecs l'appelaient… Charon.

1

L'oiseau nyctalope planait en cercles concentriques à la limite des premiers stratus. Soudain, comme s'il répondait à un signal que lui seul venait de percevoir, il effectua un piqué vers la Ville Lumière puis se mit à raser les flots noirs de la Seine.

Il passa sous le pont du Carrousel… Le pont Royal… Le pont de la Concorde…

Il s'approcha du pont Alexandre-III, le plus large pont de Paris, encadré par ses quatre Pégases dorés, ses quatre Renommées, et se posa dans l'enchevêtrement de poutrelles métalliques constituant son soubassement. Son squelette.

À quelques mètres de lui, un homme se tenait immobile sur la berge, face aux flots paisibles. La carcasse, que l'on devinait sportive sous le costume et l'imper, avait une quarantaine d'années, mais le visage était marqué, les yeux cernés.

Après avoir pris une longue inspiration, il glissa sa main droite sous son manteau et arracha un automatique de son holster, un SIG-Sauer P228 calibre 9 millimètres. Il laissa pendre l'arme au bout de son bras et inspira de nouveau.

Sous le regard attentif du corvidé qui ne le quittait pas des yeux.

***

Décor luxueux, flamboyant, démesuré. L'ancienne cathédrale reconvertie en temple de la nuit en mettait plein la vue. Lustres en verre de Murano au plafond et tentures pourpres le long des arcs gigantesques. En lieu et place de l'ancien autel, une console de mixage avait été installée, et derrière, à la limite du chœur, seize écrans géants diffusaient des images psychédéliques. Mélange de représentations religieuses et mythologiques détournées, comme si un artiste sous acide avait mêlé Jérôme Bosch et le Caravage dans une même symbolique.

Sur le transept reconverti en piste de danse la fête battait son plein, et aux tables disposées en quinconce dans la nef, le service était assuré par un personnel hétéroclite. Il y avait des filles masquées de loups, un Monsieur Loyal, un jongleur loufoque, une Arlequine coquine, une serveuse déguisée en Marilyn, une autre en Catwoman et deux serveurs lilliputiens qui distribuaient des bonbons aux clients. Sur son podium, un cracheur de feu assurait le spectacle et, pendue à un trapèze, une acrobate enchaînait les figures.

Trois trentenaires au look total cuir, accompagnés de deux très jeunes femmes accoutrées idem, furent accueillis par Jean-Lin Barbera, le patron des lieux, dont les choix vestimentaires n'étaient pas guidés par une excessive sobriété. Costard violine brillant, lunettes de soleil qui lui mangeaient les joues et médaillon sur torse bodybuildé. Une caricature de rappeur black, mais en blanc.

Il ouvrit grand les bras en souriant à pleines dents au leader du groupe.

— Chris, mon ami ! Viens par là, viens…

Depuis qu'il avait appris à triturer sa première guitare, le Chris en question, Chris Moon pour la scène, Christophe Marconi pour l'état civil, idolâtrait Alice Cooper et Keith Richards. Il avait donc calqué son *way of life* sur les deux légendes du rock. Et il avait plutôt bien réussi : à trente-cinq ans tout juste, il en faisait cinquante.

— Salut mon J.-L., ça baigne ? fit Moon, manifestement ravi de l'accueil qui lui était réservé.

Bises claquantes et embrassades chaleureuses. Barbera accompagna les cinq convives jusqu'au coin VIP et agita le bras vers Catwoman et Marylin. Les deux serveuses se pointèrent, l'une avec un jéroboam de Cristal Roederer, l'autre avec un sabre de cavalerie rangé dans son fourreau. Pendant que le petit groupe prenait place, Barbera fit un signe au DJ, lequel saisit prestement le micro.

— Mesdames et messieurs, votre attention s'il vous plaît ! Dans moins d'une semaine, ils entameront leur tournée mondiale. Mais ce soir… ils nous font l'honneur de leur visite. Mesdames et messieurs… Je vous demande de faire un triomphe au groupe Aïïï… rôôôn… Priiiiii… ssssst !

Tandis qu'il lançait le dernier single du groupe et que les clubbers se déchaînaient, les écrans se mirent à retransmettre ce qui se passait dans le coin VIP : Barbera saisit le sabre, le présenta à la foule en délire et décapita le jéroboam de champagne d'un geste sûr et précis.

Applaudissements nourris. Les trois rockers se levèrent et saluèrent, mains jointes devant la poitrine, puis se rassirent et trinquèrent avant de s'envoyer leurs coupes cul sec.

La voisine de Moon se pencha alors à son oreille et lui susurra des mots qu'on devinait doux car il lui sourit gentiment et la resservit. Mais quand il reposa la bouteille dans le seau, ses yeux accrochèrent ceux d'une femme accoudée au bar. Longue chevelure de feu et regard de braise, elle le fixa un instant avant de tourner les talons et de s'éloigner. L'échancrure de sa robe, qui descendait *là où le dos perd son nom,* électrisa tous les regards. Masculins et féminins.

Moon avala une nouvelle coupe d'un trait, approcha son visage des mèches blondes de sa voisine et lui chuchota quelques mots à l'oreille. Puis il se leva.

***

Les projecteurs d'un bateau-restaurant illuminèrent brièvement les quais. Quand la féerie électrique se fut éloignée, l'homme retira le chargeur du SIG, éjecta une à une les cartouches qui tombèrent sur le sol en rebondissant, garda la dernière entre pouce et index, l'engagea dans la chambre et libéra la culasse. Le claquement métallique résonna sous le pont et attira encore un peu plus l'attention de l'oiseau.

***

Murs des pissotières et des lavabos en miroirs brisés, plafonniers amarante, banquette de corduroy grenat dans un coin. Les toilettes de la boîte n'auraient pas détonné dans un lupanar sélect.

Corps enlacés. Souffles passionnés. Chris Moon s'activait entre les cuisses de la femme dont le visage était en partie caché par une masse de cheveux roux.

Gémissements crescendo. Ils jouirent en même temps. Du moins en était-il persuadé.

Elle se décolla de lui, arrangea sa tenue et le planta là. Tandis qu'il rajustait son bas en planant encore à moitié, son portable se mit à vibrer. Il sourit et fit glisser son index sur l'écran.

— Je te manque déjà ?

Comme un murmure, puis on raccrocha aussitôt. Il rangea son téléphone, l'air perplexe, et décida de se faire plaisir une seconde fois. Il sortit un petit flacon de verre de sa poche, disposa un peu de cocaïne sur le triangle de peau recouvrant l'articulation trapézo-métacarpienne du pouce et s'en emplit le nez en reniflant comme un goret.

Tandis qu'il essuyait le résidu de poudre accroché à ses narines, quelqu'un entra et alla se placer devant un urinoir. Manteau à épaulettes tombant à mi-mollet, capuche sur la tête et long bâton de marche en ivoire dans la main droite. Les mots très calmement articulés rebondirent contre le mur.

— Je vais devoir t'annoncer quelque chose qui va te briser le cœur.

Le rocker leva les yeux vers le reflet dans le miroir. L'accoutrement du type était au moins aussi étrange que le sien, mais, vu l'endroit, cela n'avait rien d'extravagant.

— Pardon ? C'est à moi que vous parlez ? fit Moon, presque rigolard.

L'inconnu remonta sa braguette et se tourna vers lui.

— Je ne vois que toi, ici…

***

L'homme avait collé le canon de l'arme contre sa tempe.

Et posé son index sur la queue de détente.

Ses yeux se fermèrent.

Dans le lointain, le tonnerre gronda. Un éclair déchira le ciel.

Soudain, il se mit à pleuvoir à grosses gouttes.

L'eau trempait ses cheveux et coulait devant ses yeux.

La déflagration se confondit avec un nouveau grondement de tonnerre, et le croassement rauque de l'oiseau noir résonna sous le pont.

Pantin désarticulé. Le corps s'affaissa sur la chaussée.

Un filet de sang coula entre les pavés. Ses yeux étaient grands ouverts sous la pluie.

Soudain, deux halos jaunes éclairèrent la scène. Des phares.

Une portière claqua.

Une silhouette grossit dans ses pupilles dilatées.

Il avance dans un tunnel de lumière. Au bout, le jardin fleuri d'une maison à la campagne. Une femme et un garçon jouent à la balle avec un jeune parson russell. La femme se retourne vers lui et lui souffle quelque chose qu'il ne comprend pas. Il tend l'oreille mais perçoit à peine les mots qu'elle articule lentement.

— Pas… main… tenant…

— Qu'est-ce que tu dis… Quoi ?!

Il se réveilla en sursaut à l'arrière d'un véhicule qui roulait sous les trombes d'eau. Les essuie-glaces dansaient en cadence sur le pare-brise et émettaient un bruit désagréable.

Il porta la main à sa tempe. Aucune trace de blessure. Pas de sang. Ni sur ses vêtements ni sur ses mains. Il jeta un œil au type qui conduisait. Cheveux longs, moustaches et barbe taillées, manteau de cuir, col relevé.

— Qu'est-ce que je fais là... ? Vous êtes qui ?! lâcha-t-il, complètement hagard.

Le chauffeur lui lança un sourire bienveillant dans le rétro.

— Quelqu'un qui passait par là.

Il se redressa et scruta l'intérieur de la voiture. Sièges datant de Mathusalem, vitres à manivelle et, près du volant, un compteur horokilométrique d'un autre âge. Il était dans un taxi, mais la violence des rafales l'empêchait de se situer dans Paris. Il écarta le pan de son manteau. Extirpa son automatique du holster. Éjecta le chargeur. Le vérifia. Vide. Il surprit le regard du chauffeur...

— Je suis flic, lança-t-il pour le rassurer.

— Je sais.

L'homme écarquilla les yeux. *Comment savait-il ?*

Au même moment, la voiture s'arrêta sur le quai des Orfèvres, juste devant le 36, le siège historique de la police judiciaire parisienne.

— C'est quoi, ce plan ?! On se connaît ?!

— Tu devrais y aller, Gabriel. Tu vas avoir du boulot.

Le Taxi connaissait son prénom, savait où il bossait, et il venait de le raccompagner comme un copain sobre raccompagne un pote chez lui après une soirée de beuverie. Bien décidé à lui tirer les vers du nez, l'homme s'extirpa du véhicule et tenta d'aller ouvrir la portière conducteur. Fermée. Il remarqua alors la bizarrerie du carrosse : c'était un vieux Checker new-yorkais. Pas jaune, mais noir. Pas vraiment courant dans Paris. Première fois, en fait, qu'il en voyait un ici.

— T'es qui ?! beugla-t-il à travers la vitre trempée.

Le chauffeur esquissa un rictus et démarra, le laissant en plan sous la flotte. Par réflexe, il sortit son portable et shoota la voiture qui s'éloignait. Il se dirigea ensuite vers l'entrée de l'énorme sentinelle de pierre qui, depuis 1913, veillait à la tranquillité des Parisiens.

Trois jours que le portillon automatique était en rade. On s'apprêtait à envoyer des engins sur Mars, et on était incapable de réparer un mécanisme rudimentaire. Il mit la main à la poche pour présenter sa carte au planton, mais ne la trouva pas. Ni à droite ni à gauche.

— J'ai dû l'oublier là-haut, s'excusa-t-il.

Le gardien de la paix afficha une mine navrée.

— Je suis désolé, mais sans votre carte…

Un deuxième planton se pointa.

— C'est bon… Je le connais. Bonsoir, commandant, fit-il en lui donnant le coup de raquette réglementaire.

L'homme le remercia, passa le portique et s'engouffra sous le porche.

Le flic de nuit était à moitié vautré derrière le bat-flanc de « l'aquarium », le sas de verre blindé qui interdisait l'accès aux étages de la police judiciaire. Il lui ouvrit en le saluant d'un mouvement de tête, puis reprit sa posture de compétition. L'homme prit à droite dans l'atrium, se fraya un chemin parmi les dizaines de cartons entreposés contre les murs du couloir – cela faisait un an que le déménagement pour la rue du Bastion était sans cesse retardé – et entra à la volée dans un bureau sur la porte duquel on pouvait lire « Brigade criminelle – Gabriel Spaak – Commandant de police ».

La brigade criminelle, plus connue sous l'apocope *Crim'*, était l'une des seules, avec la BRI, la brigade de recherche et d'intervention, à ne pas encore avoir déménagé dans le 17e arrondissement, où se situaient déjà la plupart des brigades centrales. Malgré l'avis des flics qui ne voulaient pas quitter ce lieu mythique, des petits hommes gris avaient décidé que l'endroit n'était plus adapté à une police moderne. Dans quelque temps, les locaux qui avaient vécu toute l'histoire criminelle du XXe siècle seraient désertés pour des bureaux sans âme mais fonctionnels. Les cent quarante-huit marches de l'escalier A ne seraient plus maltraitées par les foulées des flics en partance ou de retour d'opération. Le lino verdâtre sur lequel les plus grands poulets et les pires ordures avaient traîné leurs godasses serait remplacé par une moquette qui siérait mieux aux escarpins vernis et aux mocassins à glands des futurs occupants. Vraisemblablement des magistrats, des archivistes ou des syndicalistes.

Il évita d'autres cartons entassés dans le coin de la pièce, jeta son manteau sur le dossier de son fauteuil, desserra sa cravate et connecta son ordinateur au fichier national des cartes grises. Il déverrouilla son téléphone et zooma sur la plaque du taxi. Le véhicule était déjà loin quand il l'avait shooté et l'averse formait un rideau opaque sur l'image, mais les chiffres et les lettres de la plaque d'immatriculation étaient en partie lisibles. Pendant que le logiciel moulinait, il posa son front contre ses paumes. Son dernier souvenir était le bruit de la déflagration. Comment pouvait-il encore être en vie ? Il avait dû se louper. Forcément. Sans doute un mouvement de tête au dernier moment. Réflexe de survie. Mais comment, ensuite, s'était-il retrouvé dans ce taxi ? Avec ce chauffeur étrange qui manifestement le connaissait. D'où sortait-il ? *Il passait par là. Mon cul !*

Le résultat de la requête apparut à l'écran : immatriculation inconnue. Il recommença la manip en changeant une lettre. Même résultat. Changea un chiffre. Même punition. Il vérifia le numéro. Pas d'erreur possible.

Un coup, bref, à la porte. Le capitaine Erwann Baldec, son second de groupe, fit irruption dans le bureau. Physique de trois-quarts centre débordant de son trois-pièces anglais un poil trop ajusté, gueule de quarantenaire jovial, son tempérament affable et rigolard en faisait le bon camarade du service. Mais pour l'heure, il avait l'air plutôt contrarié.

— Putain, Gab, t'étais où ?! Ça fait douze messages que je te laisse !

Gabriel le regarda à peine et se mit à fouiller ses tiroirs.

— Tu cherches quoi ? demanda Baldec, intrigué.

— Ma brème, lâcha Gabriel entre ses dents, je sais pas ce que j'en ai foutu. Qu'est-ce qui se passe ?

— On a un macchabée à l'Amnesia.

— La victime ?

— Chris Moon…

— Qui ça ?

— Le rocker ! Me dis pas que tu connais pas, on voit sa tronche partout en ce moment. D'après les premières constates, ça sent l'OD[1] à la coke.

Gabriel leva enfin les yeux vers son collègue.

— Qu'est-ce qu'on va foutre là-bas si c'est une OD ?

— C'est le premier district qui est saisi, précisa Baldec, mais compte tenu de la personnalité de la victime, l'état-major veut qu'on aille jeter un œil.

Gabriel soupira, engagea un chargeur plein dans l'automatique, manœuvra la culasse et rabattit le marteau pour mettre l'arme en sécurité. Puis il la glissa dans son holster d'épaule et enfila son manteau. Baldec s'effaça pour le laisser sortir le premier.

1. Overdose.

— Ça va ? T'as l'air bizarre.

Gabriel continua d'avancer sans répondre. Impossible d'avouer, même à son pote, que la douleur avait ce soir atteint son acmé et qu'il avait tenté de mettre fin à ses jours. Impossible de lui raconter ce moment surréaliste qu'il venait de vivre et qu'il essayait encore de comprendre.

***

Une pluie cinglante griffait sans discontinuer la façade néogothique de l'ancienne cathédrale reconvertie en temple de la nuit, ce qui avait pour effet de la rendre encore plus inquiétante au milieu des immeubles haussmanniens de l'avenue George-V. Sur le trottoir, quelques nuiteux tentaient d'en savoir un peu plus en questionnant les agents qui filtraient l'accès. Sur l'avenue, les klaxons fusaient ; des crétins qui avaient du mal à associer le bleu tournoyant à une opération de police et qui ne comprenaient pas pourquoi *ça bloquait*.

L'OPJ[1] du secteur, le capitaine Vincent Terrail, fit passer le cordon de sécurité à Gabriel et Baldec en traînant sa cinquantaine fatiguée. Il avait la tête d'un flic en fin de parcours qui attend de pouvoir prendre ses trois cents jours de récup avant de partir en retraite. Le problème, c'est qu'il n'était pas vraiment en fin de parcours. Il les entraîna à l'intérieur tout en leur faisant le topo.

— Le groupe fêtait la fin de leur tournée nationale. Pas longtemps après être arrivé, Moon s'est absenté du coin VIP. Au bout d'un moment, sa copine s'est

1. Officier de police judiciaire.

inquiétée de pas le voir revenir. Elle est allée vérifier aux chiottes... Elle l'a trouvé raide sur le carrelage.

En se dirigeant vers les toilettes, les policiers croisèrent Barbera. Sa tenue pour le moins excentrique arracha un sourire en coin à Baldec. Terrail fit les présentations.

— Jean-Lin Barbera, le propriétaire des lieux... mes collègues de la brigade criminelle.

Gabriel et Baldec tendirent la main tour à tour. Barbera garda deux secondes celle de Gabriel dans la sienne.

— La brigade criminelle ? Vous pensez qu'il peut s'agir... d'un meurtre ?

— Trop tôt pour le dire, précisa Gabriel. Pour l'instant, on est ici en observateurs.

— Ah bon... je préfère ! Parce que par rapport à la clientèle... Enfin, vous voyez ce que je veux dire.

Les deux flics échangèrent un regard entendu. Ils *voyaient* parfaitement ce qu'il *voulait dire*. Ce n'était pas la première fois qu'un patron de boîte s'inquiétait davantage de ses petites affaires que de la santé de ses clients.

Ils entrèrent à la suite de Terrail dans les toilettes, en prenant garde à ne pas déranger les deux scaphandriers de l'identité judiciaire qui étaient déjà à l'œuvre. « Au cas où... », leur avait dit le permanent de l'état-major.

Couché sur le dos, les doigts de la main droite crispés au-dessus de son visage, ceux de la main gauche sur sa poitrine, on aurait pu jurer que Moon avait vu le diable en personne avant de trépasser. Ses yeux étaient exorbités et un sourire hideux avait figé sa bouche déformée. Durant sa carrière, Gabriel avait été confronté à presque toutes les situations criminelles et avait eu à contempler tous types de cadavres : le pendu, le mutilé, l'éventré, le noyé, le brûlé, l'occis net et sans bavure. Cette fois, ce n'était pas le souvenir d'une vision familière qui lui venait à l'esprit, mais celui d'une peinture. Celle du *Tityos de Jusepe de Ribera* qui l'avait particulièrement marqué lors d'une visite du Prado à Madrid avec Marie il y a quelques années, quand elle lui avait fait faire la tournée des principaux musées d'Europe en guise de voyage de noces. Marie avait profité des vacances de Pâques – elle était prof – pour le traîner dans ce qui fut, il l'avait reconnu, un véritable voyage initiatique. Grâce à elle, il avait eu le sentiment de redécouvrir la peinture et la sculpture, alors qu'avant il y était plutôt hermétique.

Le médecin du SAMU, réquisitionné pour la circonstance, était en train de plier les gaules. Il tendit un feuillet à Terrail.

— Voilà le certificat de décès, dit-il en rajustant ses lunettes qui glissaient sur son nez. Vu ce que j'ai trouvé dans ses narines, et ce que vous avez trouvé dans ses poches, ça me paraît relativement clair.

Comme Gabriel l'interrogeait du regard, Terrail sortit d'un sac à scellé un petit flacon de verre fumé dont les parois supportaient encore quelques traces de poudre. Gabriel enfila une paire de gants de latex et colla son nez dessus. L'odeur de kérosène et de vinaigre était caractéristique d'une came de piètre qualité. Il renversa le flacon sur le bout de son index et recueillit un peu de substance blanchâtre, qu'il fit crisser entre ses doigts. Terrail crut bon de préciser :

— Coke.

Gabriel s'essuya les doigts et remit délicatement le flacon dans le sac.

— Vous avez une explication pour le visage, docteur ?

L'urgentiste affichait une moue fataliste.

— Absence de relâchement musculaire post-mortem. Pas fréquent, mais pas rarissime non plus.

Tandis que le médecin tournait les talons, Gabriel se mit à examiner le corps, en s'attardant sur les cavités nasales. Terrail ironisa.

— Passer son temps à faire l'apologie de la came... Bonjour le retour de bâton ! Bon... On peut enlever ?

— Tu peux.

Terrail fit un signe aux bleus qui attendaient non loin. Ils déployèrent le sac mortuaire sur le sol, disposèrent le cadavre de Moon à l'intérieur et le placèrent sur le brancard. L'un de leurs collègues tint la porte pour leur faciliter le passage.

Les trois flics passèrent devant le bar. Visiblement traumatisés, les deux autres membres du groupe et les deux jeunes groupies étaient entendus séparément, préalablement à leur audition officielle par des fonctionnaires du premier district. L'une des deux nanas, qui semblait très jeune, était en larmes, dos contre le mur, bras croisés sur sa poitrine. Gabriel marqua un temps d'arrêt.

— Charline Baugrand, annonça Terrail en devançant la question, la copine du moment, d'après ce que j'ai cru comprendre. C'est elle qui l'a trouvé.

Touché par son air paumé, Gabriel s'approcha.

— Bonsoir. Commandant Spaak, brigade criminelle, lui dit-il en saluant du menton la flic qui s'occupait d'elle.

La jeune femme monta vers lui des yeux noircis par le rimmel, qui avait abondamment coulé. Sa bouche s'entrouvrit en tremblotant, mais aucun son n'en sortit.

— C'est vous qui avez découvert le corps ?

— Oui, lâcha-t-elle dans un hoquet.

— Vous n'étiez pas avec lui quand il a consommé ?

— Non… J'étais avec les autres, dans le carré, souffla-t-elle. Est-ce que mes parents vont être au courant ?

— Vous avez quel âge ? fit Gabriel, troublé par la question.

— Dix-huit.

— Depuis avant-hier, précisa la flic en lui tendant sa carte d'identité.

— On venait faire la fête. On voulait juste faire la fête… poursuivit-elle en sanglotant de plus belle. Vous n'allez pas les prévenir, monsieur, hein ? S'il vous plaît…

Sa détresse était sincère.

— Vous êtes majeure, non ?

Elle acquiesça timidement, comme si elle en doutait elle-même.

— Donc c'est à vous de voir.

Il rejoignit Terrail.

— Tu la fais conduire aux UMJ[1]. Prise de sang en recherche de stupéfiants et dosage… et qu'ils lui filent quelque chose pour la calmer avant qu'elle soit entendue.

Alors qu'il était sur le point de sortir du club, Gabriel aperçut Barbera en train de tirer sur une cigarette tout en discutant avec deux serveuses. Le taulier lui lança un regard qu'il n'aima pas. Le genre limite narquois. Il planta ses deux collègues et revint le prendre à part.

— Dites-moi… Chris Moon, vous le connaissiez bien ?

Le déguisé cracha une longue volute de fumée vers le plafond.

— *Bien,* c'est beaucoup dire… C'était quelqu'un qui venait régulièrement. Et qui aimait en mettre plein la vue. Donc un bon client.

1. Urgences médico-judiciaires.

— Eh bien… si vous avez d'autres *bons clients* qui s'en mettent dans le pif à ce point, vous devriez faire gaffe, la fermeture administrative vous pend au nez.

Barbera la joua consterné.

— Comment ça, *fermeture administrative* ?! Mes clients sont majeurs, monsieur le… Pardon… C'est quoi votre grade, déjà ?

— Commandant.

— Je ne peux pas empêcher tous ceux qui vont aux toilettes de faire des conneries, *monsieur le commandant* !

Gabriel tourna les talons pour rejoindre Baldec et Terrail, qui l'attendaient près de la sortie.

— Comme toi, t'as pas pu empêcher ta femme de prendre le volant…

Gabriel se figea, pivota, puis revint vers lui en le chopant direct au col.

— Qu'est-ce que t'as dit ?!

Collé au mur, Barbera suffoquait. L'effet de surprise avait eu raison de son quintal de muscles stéroïdés.

— Qu'est-ce que t'as dit, putain ?! hurla Gabriel.

Baldec intervint et l'obligea à le lâcher.

— Gab ! Oh ! Tu fais quoi, là ?!

Il desserra son étreinte et fusilla Barbera du regard. Baldec empoigna fermement son camarade par le bras et le poussa hors de la boîte. Tout en se rafistolant, le proprio vociférait dans leur dos.

— Il est pas bien, votre collègue, hein ! Il a besoin de se faire soigner !

Pendant que Terrail calmait le jeu, les deux officiers regagnèrent la voiture garée un peu plus loin sur l'avenue. Gabriel fulminait.

— Comment il est au courant ?!

— Au courant de quoi ? interrogea Baldec, choqué par l'agressivité soudaine de son pote.

— T'as pas entendu ce qu'il m'a dit ?!

— Non, Gab, j'ai rien entendu.

Gabriel secoua la tête. La soirée avait salement commencé et continuait apparemment sur le même ton. Il soupira et changea de direction pour remonter l'avenue.

— Tu vas où ?

— Je rentre à pied !

— Arrête tes conneries, il flotte comme vache qui pisse !

Gabriel plongea les mains dans les poches de son manteau et releva son col en s'éloignant.

— T'appelles l'état-major pour le compte rendu ou je m'en charge ?

— Je le fais, lança-t-il sans se retourner.

Nuages noirs dans le ciel déversant des litres de liquide. Dioxyde de carbone dans l'air vicié. Temps de merde. Même pour un flic.

Un peu plus loin, tapi sous un fatras de cartons et de bâches en plastique, un SDF annonçait la fin du monde en s'arrosant le gosier de rouge bon marché.

***

Cachée de la rue par une haute haie de bambous, la maison dite *d'architecte*, parce qu'elle avait été construite sur le mode cube, avait le cachet discret des édifices conçus pour se fondre dans le paysage. Marie et Gabriel avaient mis longtemps avant de dégoter cette bâtisse située dans le quartier Buzenval à Garches et s'en étaient mis pour trente ans. Aujourd'hui, elle ressemblait davantage à ce qu'elle était lorsqu'ils l'avaient visitée pour la première fois qu'à ce qu'elle était devenue après des heures d'huile de coude. Le lierre en façade débordait de la structure et commençait à grignoter le bord du toit, les rosiers de Ronsard n'auraient plus attiré aucune *mignonne* et les deux espaces verts qui bordaient l'allée ressemblaient davantage à de la friche qu'au jardin structuré que sa femme avait à l'époque patiemment élaboré. Elle aurait été catastrophée de voir l'état dans lequel se trouvait leur *petit nid*.

Il grimpa les trois marches qui menaient au perron surmonté de la marquise vitrée en demi-cercle. Seul élément *à l'ancienne* du bâtiment contemporain que Marie avait mis des semaines à dénicher et dont elle était particulièrement fière.

À l'intérieur, les stigmates d'une vie de famille étaient encore bien présents, mais le canapé d'angle faisait désormais office de lit et, autour de la grande table de la salle à manger, les chaises servaient de porte-manteau.

Sur le mur du salon, un plan Paris-banlieue était piqué d'une multitude de punaises multicolores, toutes reliées à des photos de Ford Mustang modèle compétition. Sur la grande table de chêne au milieu de la salle à manger, des revues automobiles consacrées aux voitures américaines des années 1960-1970, et une copie de procédure.

Gabriel posa son manteau sur le dossier d'une chaise, se servit un verre de Laphroaig et s'alluma une Craven. En reposant le paquet, il ne put s'empêcher de s'attarder sur l'immonde et désormais récurrent packaging. Au recto, deux poumons pourris avaient remplacé la tête du légendaire Black Cat ; au verso, un logo façon carton d'obsèques avertissait le consommateur : « Fumer tue. » Il leva son verre vers le paquet et trinqua symboliquement. Il connaissait une méthode bien plus rapide.

L'odeur de tourbe lui dilata les sinus et le mélange alcool et nicotine lui racla les parois du gosier. Cela eut pour effet de lui remettre les idées en place. Il s'assit dans le canapé, posa le SIG près de lui, attrapa la télécommande et se brancha sur une chaîne d'info. Un bandeau annonçait la candidature du jeune et sémillant Bertrand Saint-Preux aux prochaines présidentielles, et la présentatrice commentait l'événement sur un ton complaisant. Elle aussi semblait avoir succombé au charme de ce jeune loup que personne ne connaissait six mois plus tôt.

« … alors que les partisans de Bertrand Saint-Preux voient en lui l'incarnation d'une nouvelle façon de faire de la politique, ses adversaires ne manquent pas de rappeler son inexpérience. Pourtant, de plus en plus de Français semblent prêts à lui faire confiance. C'est un reportage de Julie Montfort… »

Gabriel inséra dans le téléviseur un DVD dont la jaquette indiquait « Saint-Amand – Pâques ».

L'écran resta noir un instant, puis les premières images apparurent. Une ancienne ferme retapée. Un jardin fleuri. Tandis qu'un jeune parson russell jouait à leurs pieds en mâchouillant une balle en caoutchouc multicolore, Marie prenait leur fils, Tom, cinq ans, par la taille et souriait à l'objectif.

— Maintenant, pour papa. Attention… Trois… Quatre !

La femme et le gamin entonnaient ensemble :

— À la cime d'un pommier, une pomme était perchée, un grand coup de vent d'automne, la fit tomber sur le pré…

Gabriel poursuivit avec eux, entre ses dents. Un peu d'eau commençait à flouter son regard.

— Pomme, pomme, t'es-tu fait mal ? J'ai le menton en marmelade…

La femme et l'enfant se tenaient le menton, puis le nez en se cachant un œil.

— Le nez fendu… Et l'œil poché !

Il finit la chanson entre sourire et larmes et immobilisa l'image sur leur rire. Toujours scotché à l'écran, il saisit l'automatique, joua nerveusement avec le marteau et posa la bouche du canon contre sa tempe. Sa main tremblait… Il décolla l'arme, la prit cette fois à deux mains et l'enfouit dans sa bouche. Son pouce sur la queue de détente. Le métal froid heurta ses dents. Il ferma les yeux pour éviter de fixer l'orifice par lequel l'ogive de 9 millimètres passerait d'un instant à l'autre avant de lui éclater le palais et de pulvériser son crâne. C'est alors que des flashs se télescopèrent dans sa mémoire. Des photos d'identité judiciaire. D'autopsies. Tout ce qu'il avait vu de plus dégueu durant ses vingt ans de police judiciaire lui revenait en mémoire. Corps mutilés, perforés, tranchés, éviscérés, exsangues. Raisiné au plafond et molaires plantées dans le mur. Des gros plans dansèrent devant ses yeux : un avant-goût de ce qui attendrait le flic qui effectuerait le procès-verbal de constatations.

Il serra les coudes contre sa poitrine, sans parvenir à presser la détente.

Il finit par sortir le SIG de sa bouche et se mit à hurler. Puis il plongea sa tête dans ses mains.

***

Une grande pièce borgne et voûtée. Murs en pierres apparentes. Poutrelles d'acier. Les suspensions industrielles pendaient du plafond et diffusaient une lumière jaune orangé – qui avait pour effet de faire ressembler les lieux à une tanière plutôt qu'à un appartement. Le Taxi ne semblait pas s'en formaliser. Havane au bec, il était vautré dans un vieux Chesterfield aux accoudoirs élimés. Debout face à lui, un homme chauve d'une cinquantaine d'années, vêtu d'un élégant trois-pièces italien noir, tenait entre ses mains la carte de police de Gabriel. À ses pieds, un énorme rottweiler fixait le paquet de gâteaux au miel dans lequel le Taxi était en train de piocher.

— Et qu'est-ce qui te permet d'être aussi sûr de ce... policier ?

— Ce n'est pas n'importe quel policier, rétorqua le Taxi en se levant.

Il récupéra la carte, puis alla chercher un journal qu'il tendit au Chauve. À la page des faits divers, un article relatait un accident de la circulation survenu en banlieue parisienne, six mois plus tôt.

— C'étaient sa femme et son fils.

Le Chauve survola le paragraphe.

— Oui... et ?

— Et j'ai un plan.

— Un plan ?

— Un plan.

— On peut savoir ?

Le Taxi livra une moue qui indiquait qu'il ne voulait rien dire de plus. Le Chauve secoua la tête.

— Bon... Je vais transmettre. Mais je te préviens, il est furieux. Il dit qu'il n'est pas prévu que tu t'occupes de ce genre d'affaires.

— Et que l'autre se mette à déconner, c'était prévu ? répliqua le Taxi, un poil agacé.

Tandis que le Chauve affichait une mine dubitative, il piocha dans le paquet de biscuits et en fleura un en narguant le molosse.

— Tu as une idée de ce qu'il compte faire ? continua-t-il.

— Je ne sais pas… Je suis le messager, pas le stratège.

Le Taxi enfourna le gâteau. Le chien commença à grogner en soulevant ses énormes babines.

— Dans ce cas, tu lui diras que, pour ce qui est de la stratégie, qu'il fasse confiance à ceux qui sont sur le terrain.

Le Chauve soupira et tourna les talons. Il saisit la poignée de tirage et actionna le lourd battant métallique qui faisait office de porte d'entrée, mais le chien continuait de fixer le paquet de gâteaux en poussant des jappements d'envie.

— Arrête de l'énerver, c'est moi qui me le coltine après, lança-t-il en faisant coulisser la porte.

— Pourquoi il est avec toi ?

— Son maître a été convoqué…

— Donc ça commence à tousser ?

D'une pichenette bien contrôlée, le Taxi jeta le biscuit vers le molosse, qui l'attrapa à la volée et l'avala d'un coup.

Un sifflement bref. Le chien quitta la pièce.

2

Jogging à capuche et runnings, Gabriel cavale le long d'une avenue arborée. La foulée est déliée, le souffle, régulier. Dans sa tête, la voix de Marie.

— Tu vas courir, ce matin ? Tu seras revenu pour nous accompagner ?

Alors qu'il passe le coin de sa rue, il aperçoit au loin la Mini Cooper rouge qui sort d'un emplacement de parking. Il accélère l'allure en faisant de grands gestes. Mais la voiture franchit le croisement en tournant à droite et disparaît.

Il rentre chez lui à bout de souffle et se dirige vers son portable, laissé dans la poche de son manteau. Il compose le numéro de sa femme. Cinq sonneries avant que ça ne décroche.

— Allô ? c'est moi… Allô ?

Rien au bout du fil – ou plutôt un bruit de fond inaudible. Il raccroche, refait le numéro et tombe cette fois sur le répondeur.

— Je viens de vous voir partir… J'avais pas pris mon portable… Bon, tant pis. À tout à l'heure !

En raccrochant, il s'aperçoit qu'elle lui a laissé un message dix minutes plus tôt.

« Oui, c'est moi. Le rendez-vous a été avancé, il peut le prendre maintenant. Donc on y va. Je sais pas si t'as pris ton portable… Bisous, à toute. »

Il sort de la douche. Son téléphone sonne sur l'évier. La sonnerie monte en intensité. Devient stridente.

Il émergea du canapé la tête dans le gaz et, en tendant la main vers son téléphone, renversa le tube de Lexomil posé à côté du verre à whisky vide.

— Allô ?

— Salut. C'est Terrail, du premier district, annonça la voix au bout du fil.

— Qui ça ?

— Vincent Terrail. L'affaire de cette nuit, à l'Amnesia… Je suis à l'IML[1]. Tu pourrais venir ?

Gabriel laissa ses neurones se remettre doucement en place.

— Qu'est-ce qui se passe ?

— Compliqué à t'expliquer au téléphone… Viens, tu verras.

Il informa qu'il arrivait le plus vite possible, raccrocha et écarquilla les yeux. Son porte-cartes était sur la table basse, ouvert sur la tranche, alors qu'il en était certain, il ne s'y trouvait pas la veille.

Il l'ouvrit, promena machinalement son pouce sur la photo réglementaire en noir et blanc prise cinq ans plus tôt, au passage de grade, et glissa nerveusement la main dans ses cheveux. Était-il en train de devenir complètement barjo ? Il ramassa le tube de Lexomil et grimpa à l'étage, direction la salle de bains.

1. Institut médico-légal.

***

2, place Mazas. La Seine en contrebas. Les tours de verre de Bercy dans le fond. Les habitués de la ligne 5 du métro parisien connaissaient bien les flancs du bâtiment de brique rouge, coincé entre le fleuve et la rame aérienne qui, en ralentissant pour prendre le coude, émettait un grincement métallique strident à vous arracher les oreilles. L'institut médico-légal était l'endroit où atterrissaient toutes les victimes de mort violente ou suspecte de la capitale et des trois départements constituant la petite couronne. À l'époque de sa construction, en 1868, par Haussmann, l'édifice constituait l'une des sorties les plus en vogue de la ville. Les Parisiens pouvaient profiter de leur dimanche pour venir identifier des cadavres, principalement des victimes de noyade, étendus sur des tables inclinées de marbre noir disposées derrière une vitre. Aujourd'hui, la visite des lieux n'était plus synonyme de distraction.

Murs orangés fadasses, lino hors d'âge au sol : Terrail se tenait dans un coin de l'une des salles d'autopsie, bras croisés, et mâchouillait un chewing-gum chargé en menthol. La plupart des flics avaient leur petite manie, leur béquille, pour affronter le moment particulier d'une autopsie. Mouchoir humidifié aux huiles essentielles, touche de Vicks VapoRub sous les narines… Gabriel, lui, parvenait à faire abstraction de tout. De la vue et de l'odeur. Aucun entraînement particulier ne lui avait permis d'en arriver à ce niveau de détachement. Il était fait comme ça. Une seule vision lui avait cependant toujours été insupportable ; celle des gamins. Violés, torturés, battus, affamés. Victimes innocentes de malades qu'on appelait parfois *parents*. Il avait chaque fois pris sur lui et fait l'effort mental de déshumaniser le petit corps. Il n'avait échoué qu'une fois. Six mois plus tôt, lorsqu'il avait dû *reconnaître* le corps abîmé de son fils, à la morgue de l'hôpital de Garches.

Sur la table incurvée en acier, le cadavre disséqué de Chris Moon rappelait cette totale et violente fragilité de l'existence. Un corps sautant et gesticulant, capable d'électriser des foules en délire, d'un seul coup réduit à un vulgaire morceau de barbaque.

Revêtu de sa protocolaire blouse blanche et d'un masque en polypropylène, le professeur Adam Jacoby, le – presque retraité – directeur de l'institut, posa sur le plan de travail une bassine métallique contenant un morceau de chair. Gabriel avança d'un pas.

— Comme je le disais à votre collègue, vu les circonstances, je m'attendais à trouver les symptômes de la surdose de cocaïne. En fait, j'ai trouvé ça…

À l'aide de la pointe de son scalpel, il écarta la partie basse du muscle cardiaque tout en ajustant ses lunettes rondes cerclées d'acier.

— Les parois ventriculaires ont littéralement éclaté.

Gabriel approcha prudemment son visage et plissa les yeux. Terrail guettait sa réaction.

— Qu'est-ce qui a pu provoquer ça ? Coke et alcool ? risqua-t-il sans vraiment y croire.

Le légiste secoua catégoriquement la tête.

— Ni la cocaïne ni le mélange cocaïne et alcool… Ni aucune substance prohibée, d'ailleurs. Et c'est bien là le problème.

— Pourquoi ?

— Eh bien parce qu'en l'absence de cause traumatique externe flagrante, je ne peux pas expliquer ce que j'ai sous les yeux.

Terrail s'amusa de la moue circonspecte de Gabriel et lui fila une tape amicale dans le dos.

— Bon ben… pas fâché de te refiler le bébé !

***

Sur le palier de la brigade criminelle, deux flics étaient en train de se faire un café au distributeur. En voyant la tête de Gabriel qui avançait vers eux, Albane Gauthier, la plus jeune recrue du service, lui proposa gentiment le sien. De ses cinq années passées aux Stups, Albane avait gardé le look cuir et jeans, qui tranchait avec celui, propret, des flics de la Crim' – le costard cravate étant plus adapté, selon le protocole, pour annoncer les mauvaises nouvelles aux familles des victimes.

— Tiens, je crois que t'en as plus besoin que moi.

Le sourire amical de sa collègue lui fit du bien. Cinq secondes.

— Merci, Albane… murmura-t-il en trempant ses lèvres dans le liquide brûlant.

L'autre flic, également chef de groupe à la Crim', le salua.

— Ça va, Gab ?

— Ça va, répondit-il mécaniquement, sans y croire lui-même.

Depuis le drame – son drame –, tout le monde prenait des pincettes avec lui. On ne le chambrait plus. Il le comprenait, tout en le regrettant. Ces mines désolées et ces regards condescendants qu'il croisait à longueur de journée ne l'aidaient pas à remonter la pente. En même temps, y tenait-il vraiment, à remonter la pente ?

Il attendit qu'Albane ait récupéré un nouveau café et, d'un discret coup de menton, il lui fit signe de le suivre dans le couloir. Dans les bureaux attenants, les fonctionnaires du groupe de Gabriel entendaient les premiers témoins. Les questions et les réponses feutrées qui fusaient, mêlées aux cliquetis des touches d'ordinateur, constituaient un bourdonnement familier, presque rassurant. Le bruit de la routine d'une procédure criminelle. Il sortit un bout de papier et le lui tendit.

— Fais-moi un paramétrage à partir de cette plaque, s'il te plaît. C'est un taxi. Il y a peut-être un numéro ou une lettre qui ne sont pas bons, mais ce qui est entouré, c'est sûr…

Albane jeta un œil à l'immatriculation.

— Tu as la marque ?

— Tu vois les anciens taxis new-yorkais ?

Visiblement, elle ne voyait pas. Normal, elle était née dans les années 1990.

— Le Checker de *Taxi Driver*, ça te parle ?

— Ah oui… les jaunes, c'est ça ?

— Voilà. Mais en noir.

— Je savais pas que ce genre de bagnoles pouvait être homologué ici.

— Faut croire que si…

Albane rejoignit son bureau au moment où Baldec sortait du sien en agitant un feuillet.

— Chris Moon, de son vrai nom Christophe Marconi, est connu des Stups pour coke et héro… et il a été impliqué dans une affaire qui remonte à trois ans. Pendant une soirée privée, il aurait fait prendre de la dope à une mineure et aurait abusé d'elle. Son baveux lui a obtenu le non-lieu.

Gabriel attrapa le dossier et commença à le parcourir.

— Sa fiancée vient d'arriver, poursuivit Baldec. *L'officielle*, apparemment… Je vais la chercher.

Concentré sur le clavier de son ordinateur, Baldec enregistrait consciencieusement la déposition d'Anna Tomkis. Mannequin gothico-baroque d'origine anglaise de vingt-cinq ans, elle affichait des tatouages partout où les yeux étaient capables de se poser. Piercings dans le nez et boucles d'oreilles sur lesquelles deux gris du Gabon auraient tenu facile. Côté look, Moon et elle faisaient la paire.

Gabriel s'était appuyé bras croisés contre le rebord de la fenêtre, de façon à l'avoir de profil. Chez les personnes auditionnées, certaines réactions se manifestent parfois sous la ceinture. Jambes que l'on croise et décroise, mains que l'on triture... Autant de signes que l'on peut – mais pas nécessairement *que l'on doit* – interpréter.

En l'occurrence, la jeune femme s'essuyait régulièrement les narines à l'aide d'un mouchoir trempé de larmes et roulé en boule dans sa main. Aucune conclusion à en tirer, si ce n'est qu'elle semblait très éprouvée.

— J'arrêtais pas de lui dire qu'à force de tirer sur la corde il aurait des problèmes, mais il s'en foutait, il se sentait invincible.

— Vous savez s'il avait des soucis de cœur ? demanda Gabriel.

Anna Tomkis leva ses yeux humides vers lui. La question lui semblait incongrue. Il s'empressa de préciser :

— Je veux dire des problèmes cardiaques. Est-ce qu'il avait déjà eu des alertes ou fait des malaises ?

— Je ne crois pas, non. Pourquoi ?

— Les constatations du médecin légiste sont pour le moins curieuses.

— Qu'est-ce que ça veut dire ? On m'a dit que c'était une overdose.

— Oui… Sauf que son cœur, je parle du muscle cardiaque, a subi de gros dégâts, poursuivit Gabriel, et que la cocaïne seule ne peut pas avoir provoqué ça.

Il marqua un temps, volontairement appuyé.

— Pardon d'être direct, mais s'il prenait quelque chose de particulier, il faudrait qu'on le sache.

La voyant hésiter, Baldec en rajouta une couche.

— Écoutez, mademoiselle… On n'est pas aux Stups, ici, on se fout de savoir à quoi vous carburez et on ne va pas aller vous chercher des noises pour ça. On a juste besoin d'établir formellement la cause du décès.

Gabriel fit le tour du bureau pour se placer face à elle et, d'un regard, invita Baldec à y aller mollo.

— Ce que mon collègue veut vous dire, c'est qu'on voudrait comprendre ce qui est arrivé à votre copain.

Elle lorgna du côté de ses godasses en reniflant une dernière fois, puis se décida du bout des lèvres :

— Moi, je prends un peu de coke, de temps en temps, mais Chris… il a tout essayé. Coke, ecsta, même le crack, et l'héro aussi. Pas en shoot, en sniff. Je lui disais qu'il déconnait, qu'il allait foutre sa carrière en l'air… Ça le faisait marrer.

— Il vous avait parlé de ses ennuis avec la justice ?

— Quels ennuis ?

— L'affaire Tatiana Volodin, il y a trois ans. Une jeune femme qui avait déposé plainte pour viol. Les faits se seraient déroulés lors d'une soirée après concert et, d'après elle, de la came aurait été consommée. De la cocaïne, et pas que…

Vu l'expression de son visage, nul doute que la jeune femme n'avait jamais entendu parler de l'affaire en question. Gabriel allait préciser, mais son fixe sonna sur le bureau. Il tendit la main vers le combiné.

— Oui ?

Pendant qu'il écoutait, Anna Tomkis jetait de brefs regards inquiets autour d'elle. Il dit qu'il arrivait et raccrocha.

— Marquand veut me voir... murmura-t-il à Baldec.

Puis il s'adressa à Tomkis sur un ton bienveillant.

— Mon collègue va finir de prendre votre déposition, il faut lui dire tout ce que vous savez. N'oubliez rien, même des détails qui peuvent vous paraître a priori sans importance. D'accord ?

Elle acquiesça en silence, en collant le mouchoir sous son nez, et il sortit du bureau.

Gabriel frappa une fois, juste sous la plaque qui indiquait « Marianne Marquand – Commissaire principal – Chef de service », et entra dans la foulée. Chez elle, les cartons avaient été plus proprement disposés que dans la plupart des autres bureaux : des piles bien rangées de part et d'autre de l'armoire forte, dans laquelle les dossiers dits *sensibles*, parce qu'ils concernaient des personnalités en vue ou médiatiquement exposées, étaient mis sous clé.

Tailleur-pantalon sombre et sobre, costume de rigueur pour la cheffe de la plus prestigieuse brigade de la police judiciaire. La patronne de la Crim' était au téléphone dans sa posture de prédilection : renversée dans son fauteuil, jambes tendues et croisées sur le coin de son bureau.

— Eh bien tu leur dis « enquête en cours » ! Et s'ils veulent faire le pied de grue, qu'ils le fassent. Ça tombe bien, ils viennent d'annoncer que la pluie n'est pas près de s'arrêter.

Elle replia ses jambes et raccrocha. Gabriel s'assit dans l'un des deux fauteuils disposés face au bureau de sa taulière.

— Les journalistes ont appris qu'il y avait quelque chose de pas clair. Ils ne vont pas nous lâcher.

D'un geste rapide et délicat, elle ramassa la masse de cheveux auburn qui lui tombait dans la nuque et l'attacha en queue-de-cheval.

— Bon alors… c'est quoi, l'histoire ?

— Jacoby n'a jamais vu ça. Il va demander des analyses complémentaires.

— Il est sûr que c'est pas une OD ?

— Sûr.

— OK. Dans la mesure où, en quinze ans de service, il ne s'est pas planté une seule fois, pour l'instant : cause de la mort inconnue.

— La cause est connue. Éclatement des parois ventriculaires. En revanche, impossible de savoir ce qui a provoqué ça.

— Ça revient au même, conclut-elle. Bon, tu briefes tes mecs. Je veux que rien ne transpire jusqu'à ce qu'on soit fixés.

Elle marqua un temps et croisa son regard.

— Autre chose : qu'est-ce qui s'est passé au juste avec le patron de l'Amnesia ? Il paraît que t'aurais voulu l'étrangler ?!

— Il m'a balancé une saloperie.

Marquand ne sembla pas se satisfaire de cette explication pour le moins sommaire. Gabriel soupira.

— Je suis désolé…

— Navrée, mais ça ne va pas suffire. J'ai reçu un coup de fil du cabinet du préfet. Apparemment, il connaît du monde, le pépère Barbera. Et à la chancellerie en plus.

Gabriel attendait la suite.

— Tu connais le principe de la cascade de merde ? La chancellerie au proc, le proc au préfet, le préfet à moi.

Et de moi à toi. Tu as de la chance, j'ai réussi à calmer le jeu. J'ai expliqué ce qui t'était arrivé.

— T'es allée raconter ma vie privée ?! protesta-t-il. C'est du perso, ça ! Ça n'a rien à voir !

Elle répliqua sur le même ton :

— Bien sûr que ça a à voir, Gab ! Avant l'accident, tu n'aurais jamais eu ce genre de réaction !

Il secoua la tête, dépité, mais il savait parfaitement que sa patronne, son amie – plus de dix ans qu'ils se connaissaient et s'appréciaient – avait raison. Avant, il n'aurait certainement pas réagi ainsi. *Avant.* Quand il était mari et père autant qu'il était flic. Aujourd'hui, ce flic avait perdu sa raison de vivre. Ses raisons de vivre. Les deux amours de sa vie. Et il allait bientôt les rejoindre, malgré la tentative ratée de la nuit passée : ce n'était qu'une question de temps.

— Il accepte de ne pas porter plainte, poursuivit Marquand, à une condition…

Elle semblait hésiter à continuer. Gabriel avança le menton façon « Bon, tu la craches, ta valda ?! ».

— Que tu te fasses examiner par un psy.

— Tu te fous de ma gueule ?! lâcha-t-il, sidéré.

— En temps normal, je serais montée au créneau, Gab, mais là…

— Mais là, quoi ?!

— Tu sais très bien ce que je veux dire… Tu as vécu le pire drame qui soit. Quand tu m'as dit que tu n'avais pas besoin de suivi psychologique, je t'ai fait confiance. Je n'aurais pas dû t'écouter.

Elle lui tendit un bristol. Dessus, un nom et un numéro de téléphone.

— Elle peut te recevoir dans une heure.

— Elle ? souffla-t-il en jetant un œil au bout de papier.

— On m'a fait comprendre que le psy de l'administration n'était pas une option, mais je me suis renseignée, il paraît que c'est une pointure.

— Oublie, lança-t-il en se levant pour sortir.

— T'as pas le choix. C'est ça ou je suis obligée de te mettre en récup, fit-elle en soupirant. J'ai reçu des consignes claires.

Elle s'approcha et lui glissa la carte dans la poche poitrine de sa chemise.

— Gab… Tu sais que tu peux compter sur mon soutien, mais j'ai un service à faire tourner. Alors tu fais profil bas et tu lui racontes ce qu'elle veut entendre. OK ?

Il resta figé un instant, mâchoires crispées, puis sortit en omettant volontairement de fermer la porte. Fille et petite-fille de flic, Marquand était plutôt à cheval sur les usages de la *boîte*, et ce genre de manifestation d'insubordination avait le don de la mettre hors d'elle.

— La porte, merde ! lança-t-elle avant d'aller la claquer elle-même.

En arpentant le couloir vers son bureau, Gabriel passa devant celui d'Albane, dont la porte était grande ouverte. Elle l'aperçut.

— Gab, tu peux venir voir ?

Il fit demi-tour et la rejoignit devant son ordinateur.

— J'ai fait toutes les combinaisons possibles… annonça-t-elle en tournant légèrement l'écran vers lui. Zéro résultat.

Il afficha une moue dubitative.

— Tu veux que je voie avec les Boers ? Il doit quand même pas y en avoir douze mille, des taxis ricains sur Paris.

L'Unité de contrôle des transports de personnes de la préfecture de police, l'UCTP, plus communément appelée *Boers* – déformation de l'argot *bourres,* qui désignait les flics dans les années 1920 –, était chargée de contrôler les taxis et les véhicules relevant de la réglementation du transport de personnes. Aucun quidam exerçant à Paris et dans la petite couronne ne pouvait leur échapper. Ils seraient donc très vite fixés.

— Je veux bien. Merci.

3

Édifiés en 1931 dans le plus pur style Art déco, les immeubles Walter se dressaient au milieu de la place de Colombie telle une énorme citadelle de béton. Quelques années plus tard, le même architecte, qui fut attaché militaire de Clemenceau, construisit le premier hôpital de France inspiré des *bloc-hospitals* américains : l'hôpital Beaujon à Clichy-la-Garenne.

Il pleuvait à verse. Encore.

Alors que Gabriel avisait une place sur le boulevard Suchet, un gros insecte vint s'écraser sur son pare-brise. Il gara l'Audi et sortit en remontant son col. Coincée entre la vitre et l'essuie-glace, la bestiole gesticulait. Il s'approcha. C'était un sphinx colibri, le seul papillon capable de butiner en plein vol, à l'instar de l'oiseau qui lui avait donné la moitié de son nom. Il le saisit et l'observa dans sa paume ouverte. Le lépidoptère semblait se remettre doucement de son crash et, au bout de quelques secondes, il s'envola. Gabriel le suivit du regard, satisfait de lui avoir sauvé la mise, et le vit monter vers le ciel chargé. Mais soudain, un énorme corbeau surgit de nulle part et le goba en plein vol. Il resta trois secondes immobile, contrarié, puis se dirigea vers l'immeuble.

Murs blancs. Parquet en point de Hongrie. Lithographies en guise de décoration. Gabriel était seul dans la salle d'attente et feuilletait machinalement un hors-série de *Connaissance des arts* consacré aux sculptures grecques du Louvre en se demandant ce qu'il foutait là. Brigade des Stups, Antiterro, brigade criminelle, vingt années de police pendant lesquelles il avait été confronté au pire et s'était sorti des situations les plus extrêmes sans bobos, pour finir dans le cabinet d'une psy qui allait s'intéresser à son stade anal. Tout ça parce qu'il avait un peu rudoyé un sale con.

Il balança le magazine sur la table et posa son front contre ses poings serrés. Il n'avait qu'une seule envie, se casser. Une senteur agréable lui parvint aux naseaux. Le pot-pourri de branches et de baies de myrte éparpillées dans une soucoupe de verre diffusait des arômes hespéridés. Le souvenir de son altercation avec le taulier de l'Amnesia lui revint à l'esprit. « Non, Gab, j'ai rien entendu… », avait affirmé Baldec. Avait-il rêvé ? Et si Marquand avait raison ? S'il était un peu plus amoché qu'il ne le pensait ? Au point d'entendre des voix.

Il n'eut pas le temps de poursuivre son introspection, la porte du cabinet s'ouvrit.

— Monsieur Spaak ?

Regard bleu dissimulé derrière des lunettes en écaille, tignasse rousse sagement maintenue en chignon et chemisier blanc ouvert juste ce qu'il faut. *Une psy tout droit sortie d'un bouquin de Gil Elvgren,* pensa-t-il.

Il se leva et la suivit.

Moulures au plafond, miroirs aux murs et, dans un coin de la pièce, une volière remplie de colombes. Étonnant dans un cabinet. La psy devait être une lointaine descendante du docteur Dolittle. Derrière le bureau Art déco, plusieurs diplômes de psychiatrie émanant d'établissements prestigieux annonçaient la couleur. L'un d'eux se détachait particulièrement : le diplôme de psychiatrie clinique décerné par le Maudsley Hospital de Londres au docteur Ève Palomba. Il n'avait visiblement pas affaire à n'importe qui.

En passant devant l'un des miroirs, elle rajusta d'un geste rapide le col de son chemisier et lui proposa un fauteuil.

Il se posa au ralenti en regardant tout autour.

— Vous cherchez quelque chose ? fit-elle en remontant presque imperceptiblement l'une des commissures de ses lèvres.

— Y a pas de divan ?

— Non. En fait, ce cérémonial se pratique de moins en moins, poursuivit-elle, amusée. Aujourd'hui, on pourrait presque dire que ça fait partie du folklore.

— Ah oui ?

— Oui. Un peu comme l'imper et le chapeau mou chez vous.

Gabriel était mouché en douceur. Dans le même temps, elle décrocha le téléphone de son bureau et composa un numéro.

— Excusez-moi une seconde, j'appelle mon portable. Je ne sais pas ce que j'en ai fait…

Elle tendit l'oreille, mais aucune sonnerie ne retentit. Elle raccrocha, contrariée, et remarqua le sourire triste de Gabriel.

— Pourquoi souriez-vous ?

— Ma femme… elle faisait ça sans arrêt.

Il releva le menton et prit une longue inspiration, comme un gamin qui voudrait se débarrasser d'une récitation mal apprise.

— Écoutez, docteur, vous devez savoir que je ne suis pas ici de mon plein gré. Pour être franc avec vous, j'ai autant envie de vous raconter ma vie que d'aller en pèlerinage à Lourdes. J'aimerais donc qu'on puisse régler ça vite fait. Croyez-moi, je n'ai aucun problème de comportement.

Palomba retira ses lunettes et les posa sur son bureau.

— Si j'en crois le rapport qui m'a été communiqué, ce n'est pas l'avis de tout le monde.

Elle guetta sa réaction… qui ne vint pas.

— Mais rien ne presse.

Elle se leva et fit le tour du bureau.

— Je vous raccompagne.

Il s'attendait à tout sauf à ça. Il se leva aussi. Elle le précéda vers la sortie, offrant à son regard sa silhouette parfaite.

— Vous savez, avant, quand quelqu'un avait un problème, il pouvait en parler en famille, devant les aînés, ou bien il se rendait à son lieu de culte, où il pouvait trouver le soutien de la communauté des croyants. Aujourd'hui, il ne reste que nous. Ce n'est pas l'idéal, mais c'est ainsi.

Elle semblait flotter sur le sol. Elle ouvrit la porte et s'effaça pour le laisser sortir. Une danseuse en talons hauts.

— Appelez-moi quand vous serez prêt.

Elle lui referma presque la porte au nez. Il resta planté comme deux ronds de flan, puis descendit l'escalier. Il avait trouvé quelqu'un qui maniait la franchise au moins aussi bien que lui. Leur prochaine confrontation – car il savait qu'il n'y couperait pas –, à défaut d'être davantage consentie, serait certainement intéressante.

4

Bulle translucide offrant une vue imprenable sur tous les monuments du sud de la capitale, fresque japonisante au plafond recouvrant toute sa superficie, Kong fêterait bientôt ses quinze ans. Conçu par le designer industriel Philippe Starck, le restaurant au style futuriste qui occupait les deux derniers étages du siège de Kenzo était presque à l'aplomb du pont Neuf – lequel, comme son nom ne l'indiquait pas, était le plus vieux pont de Paris.

C'était l'endroit que le staff du député Bertrand Saint-Preux avait choisi de privatiser pour célébrer l'officialisation de sa candidature aux prochaines présidentielles. Au milieu d'un aréopage composé de quarantenaires tous plus dynamiques les uns que les autres, Saint-Preux souriait poliment à celles et ceux qui venaient le féliciter, mais gardait la plupart du temps les yeux rivés sur son portable. Arnaud Feldman, fidèle parmi les fidèles, tapota son verre à l'aide de la lame de son couteau et ajusta le col de sa chemise Figaret.

— S'il vous plaît ! J'aimerais porter un toast... Un toast à celui qui va redonner ses lettres de noblesse au mot *politique* ! dit-il en posant la main sur l'épaule de son ami. S'il arrive un jour à décrocher de son téléphone…

L'assistance fut secouée de rires complices. Saint-Preux rangea son portable et s'excusa.

— Pardon…

— Notre ami, notre modèle, notre guide ! Monsieur Bertrand Saint-Preux !

La foule, acquise, applaudit le jeune coryphée qui s'avançait. Charisme évident. Regard franc. Coiffure impeccable et costume griffé. Sa réputation d'avocat des causes perdues et son look de gendre idéal lui avaient offert les unes de plusieurs hebdomadaires à grand tirage, et n'avaient pas séduit que la ménagère de moins de cinquante ans. Il avait « ratissé large », disait Feldman, son dircom, qui jurait qu'il n'avait jamais rencontré personne suscitant une telle empathie chez ses semblables. Selon lui, Saint-Preux avait une sorte d'aura qui lui permettait de séduire les hommes, les femmes, les enfants. Une brebis éprouvette même, s'il le voulait.

— Merci, mes amis… Merci du fond du cœur.

Saint-Preux parcourut le groupe des yeux et joignit les mains devant lui comme s'il s'apprêtait à bénir une assemblée de fidèles.

— En vous voyant tous là ce soir, je me souviens du chemin accompli et je mesure la chance que j'ai de vous avoir avec moi. Certains dès la première heure…

Il posa son regard sur quelques-uns des convives, qui lui sourirent en retour.

— … d'autres plus tardivement. Mais mieux vaut tard que jamais !

Dans l'assistance, les personnes concernées se lançaient des clins d'œil entendus.

— Car je vais avoir besoin de vous tous pour remplir la tâche qui est la nôtre. Que dis-je : la *mission* ! Celle que nous nous sommes fixée et qui consiste à réunir nos concitoyens dans un même espoir. Parce qu'un peuple uni est capable de tout ! Parce qu'un peuple qui espère est capable de se dépasser ! Et c'est précisément ce que NOUS allons faire ! Ensemble ! Nous allons redonner de l'espoir à notre peuple, pour qu'il sorte enfin du marasme économique et social dans lequel des élites hors-sol l'ont plongé depuis si longtemps. Depuis trop longtemps !

Tandis que les applaudissements fusaient, Feldman s'approcha et montra à Saint-Preux le SMS qu'il venait tout juste de recevoir. Dans la foulée, il se leva et agita sa main.

— S'il vous plaît ! S'il vous plaît ! Je vous lis une dépêche AFP qui vient de tomber. Un communiqué de l'avocat de Bernard Barthelemy confirme qu'il vient d'être convoqué par le parquet national financier en vue de sa mise en examen… pour blanchiment de fraude fiscale.

Deux secondes suspendues, le temps de digérer l'info, puis ce fut une explosion de joie parmi les convives.

Feldman était euphorique. Il attrapa son pote et le secoua.

— Putain, Bertrand, c'est énorme ! Tu vas être président !

Comme Saint-Preux ne réalisait toujours pas, il le prit dans ses bras et le serra contre lui.

— Tu vas être président, putain !

Le concerné sembla peu à peu prendre conscience de l'importance de l'événement – Barthelemy était son principal adversaire dans la course à l'Élysée –, mais il se força à garder le contrôle. Son portable vibra. Il jeta un œil à l'écran et y fit glisser son index.

— Oui, allô ? (...) Pardon ?

Feldman remarqua sa mine préoccupée.

— Ça va ? C'est qui ?

Saint-Preux posa la main sur le micro du téléphone et se leva.

— J'en ai pour deux minutes, lui lança-t-il avant de quitter la table.

Il descendit à l'étage inférieur, le seul endroit à peu près tranquille, s'isola dans le vestibule situé près des toilettes, et recolla le portable à son oreille.

— Qu'est-ce que ça veut dire ?! Vous êtes qui ?!

Plus personne au bout du fil, mais une voix dans son dos.

— Tu n'es pas le premier à qui elle fait tourner la tête, tu sais...

Il se retourna brusquement. Une silhouette lui faisait face. Long manteau et capuche recouvrant en partie le visage.

Quelque temps plus tard, s'inquiétant de ne pas voir revenir son ami, Feldman fit un signe au serveur, qui s'approcha.

— Il est toujours au téléphone ?

— Je ne sais pas, monsieur, lui répondit l'employé.

Feldman quitta la salle de réception et descendit l'escalier. Saint-Preux n'était ni dans le vestibule ni dans le couloir. Il ouvrit la porte des toilettes et entra prudemment.

— Oh, Bertrand, t'as chopé la courante ou quoi ?!

Pas de réponse. Il vérifia tous les compartiments, fit la même chose chez les femmes, par acquit de conscience, puis sortit.

En retournant vers l'escalier, il remarqua que l'une des fenêtres du vestibule était grande ouverte et laissait entrer la pluie. Il s'approcha pour la fermer et, sans savoir vraiment pourquoi, se pencha.

Un corps était étendu dans la cour de l'immeuble, quatre étages plus bas. Celui de son ami.

La flotte, encore. De plus en plus grasse. Et des gouttes comme des grêlons qui faisaient un boucan du tonnerre en s'écrasant sur les carrosseries des voitures garées rue du Pont-Neuf. Parapluie à la main, Baldec résumait la situation à Gabriel tout en le conduisant vers le lieu du drame.

— Ils s'étaient réunis pour fêter l'annonce de sa candidature. Il s'est absenté pour téléphoner et il n'est pas revenu. Personne ne croit à la chute accidentelle – il n'avait pas picolé –, ni au suicide, naturellement.

— Vu le standing, le restau est équipé en vidéosurveillance, je suppose ?

— *Yes.*

— T'as récupéré les bandes ?

— C'est en cours.

Ils franchirent le périmètre de sécurité contrôlé par des agents en tenue. Seuls les pieds de la victime dépassaient de la bâche en plastique. Gabriel haussa les épaules pour repousser les filets d'eau glacée qui s'insinuaient le long de son cou.

— Bon… Tu me la montres, cette bizarrerie ?

Baldec s'accroupit et découvrit le corps en guettant la réaction de son pote. Car si Saint-Preux était allongé ventre contre terre, sa tête leur faisait face.

— Ça te va ?

***

Planté jambes écartées face aux flots mouvants, mains enfoncées dans les poches, le Chauve s'était mis à l'abri sous le pont Alexandre-III. Le rottweiler était assis à ses pieds. Compte tenu de la montée des eaux, la navigation fluviale, touristique et marchande était à l'arrêt et plus aucun Bateau-Mouche ne circulait. Sans leurs projecteurs sporadiques, les quais semblaient moins festifs. Une vedette de flics de la brigade fluviale, les seuls autorisés à naviguer, passa au ralenti sous le pont pour vérifier le niveau de l'eau, puis s'éloigna.

Au loin, deux phares percèrent le rideau de pluie. Le Checker noir s'avança vers lui et s'arrêta à sa hauteur. Il se pencha à la portière du chauffeur sans prêter une attention particulière à la silhouette immobile qui se tenait à l'arrière.

— On nous envoie au créneau. Tu dois nous dire ce que tu sais !

Le Taxi tourna la tête vers son client, puis fit signe au Chauve de se pencher. Il s'exécuta…

— Nom de Zeus !

— Tu l'as dit. Et je crois que ce n'est pas fini…

— Ce n'est pas possible ! Il est devenu fou ?!

— Pas devenu, non. Tu sais bien qu'il l'a toujours été.

— Tu ne peux pas gérer ça ! Tu n'as pas le droit !

— Eh bien je prends le gauche ! conclut le Taxi en enclenchant la première. Les berges sont à vous !

Le Chauve savoura d'une mimique amusée et le Taxi démarra en continuant sous le pont. Le rottweiler aboya. Un aboiement capable de réveiller tout le quartier. Le Chauve mit son index en travers de sa bouche pour lui intimer l'ordre de se taire. Quand il se retourna, le Checker avait disparu et un nuage de mouettes criardes planait au-dessus des flots.

Il remonta le quai, le chien sur ses pas, insensible à l'avalanche aquatique qui martelait son crâne.

5

Le vent était de plus en plus violent. De plus en plus glacé. Et il soufflait en bourrasques limite à vous arracher la tête. Dans les rues, des poubelles volaient et des branches folles se transformaient en boomerangs. Les centaines de véhicules qui roulaient cul à cul sur les quatre files du quai de la Rapée ressemblaient à un immense serpent métallique sinuant à travers une jungle de béton. Une jungle en période de mousson.

Planté devant le tableau lumineux de son bureau, Jacoby accrocha une à une les radiographies de la victime. Gabriel et Baldec se tenaient chacun d'un côté, aussi dubitatifs que concentrés.

— La littérature scientifique fait état de quelques cas d'hyperlaxie du rachis cervical, commença-t-il. Chez certains contorsionnistes, par exemple… Cette particularité aurait pu expliquer la chose, mais votre client possède une anatomie tout à fait normale.

Il s'attarda sur une image, puis poursuivit :

— Vous voyez le tripode formé par la colonne antérieure et la colonne postérieure ? Il a été désolidarisé de son axe. Les artères vertébrales et les ligaments ont été arrachés.

Tandis que les deux flics détaillaient la radio, le légiste lissait du bout des doigts la barbe Balbo parfaitement taillée qui ornait son menton.

— Quatre étages, vous avez dit ?

Gabriel opina en brèves saccades.

— Il y avait des aspérités ? Gouttière, balcon ? Un endroit que la tête aurait pu heurter pendant la chute ?

— Non. Rien.

— OK... Ce n'est donc pas à ce moment-là qu'il s'est fait ça. Et ça n'est pas non plus consécutif à la violente rencontre avec le sol. Donc ça s'est fait avant.

— Avant ? fit Baldec, intrigué.

Jacoby s'approcha de lui.

— C'est assez simple à comprendre. Il aurait fallu... Vous permettez ? dit-il en lui prenant le bras. Que le corps soit tenu fixement, qu'on attrape la tête...

Jacoby maintint Baldec, un poil inquiet, en même temps qu'il positionnait ses mains.

— L'une sous le menton, l'autre sur le sommet du crâne... et qu'on la dévisse ensuite d'un coup sec ! Comme ça, vous voyez ?

Baldec étouffa un cri.

— Pardon... Je suis désolé, ça va ?

— Ça va... répondit Baldec, une main sur son cou.

Gabriel avait compris la démonstration.

— Impossible de se faire ça tout seul ?

Jacoby confirma d'un pincement de lèvres et d'un léger mouvement de tête.

— Donc homicide.

Nouvelle confirmation de la part du toubib.

— Le problème, c'est que pour amener la tête dans cette position, il faut appliquer au rachis une torsion considérable... Et ça exige une force colossale.

Baldec revint dans le jeu tout en massant sa nuque endolorie.

— Colossale comme quoi ?

— Comme deux orangs-outangs, je dirais…

Ils traversèrent le parking d'un pas rapide. Au-dessus de leur tête, le ciel orageux formait une chape de plus en plus inquiétante. Soudain, un énorme grondement de tonnerre se fit entendre et l'eau se mit à tomber en cascade.

— Putain, c'est l'apocalypse ! s'écria Baldec en relevant le col de son imperméable. Dis donc, ça fait deux morts inexpliquées, là. T'es sûr qu'il serait pas devenu sénile, le Jacoby, à force de respirer ses vapeurs de formol ?

Gabriel ne répondit pas. Son regard venait d'être attiré par un véhicule qui sortait de l'institut et s'engageait sur le quai de la Rapée. Un vieux Checker noir. Il fit quelques foulées pour tenter d'apercevoir le chauffeur, sous le regard étonné de Baldec.

— Qu'est-ce qu'il y a ?

Mais Gabriel était déjà en train de cavaler vers sa voiture.

— Tu vas où, putain ? Je rentre comment ?

— Prends un tacot ! lança-t-il en s'installant au volant de l'Audi.

Il démarra sur les chapeaux de roues, laissant son collègue comme un con sur le bitume.

Quand il déboucha de l'institut, le taxi était déjà loin devant. Il accéléra et slaloma parmi la circulation. Boulevard Morland… Quai des Célestins… L'écart se réduisit. Quelques coups de volant judicieux, et il parvint à s'approcher et à lire la plaque. Il appuya sur le bouton émission de la radio de bord.

— Z2 de Cristal 20.

La voix du flic de permanence à l'état-major lui répondit presque immédiatement.

— Z2 écoute, Cristal 20.

— Pour une carte grise, s'il te plaît.

— Envoie.

Gabriel plissa les yeux pour être sûr de bien discerner les chiffres à travers le rideau aqueux, et les balança à son interlocuteur en précisant qu'il s'agissait d'un taxi.

— La marque ?

— Je suis pas sûr. Étrangère.

— Bien reçu. Je te rappelle.

Alors que le taxi arrivait presque au bout de la rue de Rivoli, Gabriel parvint à se rapprocher et à se placer à son niveau ; il n'était maintenant séparé de lui que par une voiture. D'un coup d'œil rapide, il aperçut le client assis à l'arrière. Il était raide comme la justice et ressemblait à s'y méprendre à... Bertrand Saint-Preux.

Gabriel était tellement sur le cul qu'il manqua d'emboutir la camionnette qui venait de freiner devant lui. Le temps de s'excuser et de manœuvrer, il perdit la distance qu'il venait de gagner. Tandis qu'il appuyait sur le champignon, la voix de l'agent de l'état-major résonna dans le haut-parleur de la radio de bord.

— Cristal 20 de Z2.

— Parle.

— Immatriculation inconnue, t'es sûr que c'est la bonne ?

Gabriel en était sûr, mais il préférait ne pas l'affirmer sur les ondes. Depuis le drame qui l'avait frappé, certains de ses collègues ne s'étaient pas gênés pour laisser entendre qu'il aurait mieux valu qu'il se mette au vert pendant quelque temps.

Perdre sa femme et son gosse, tu t'imagines ? Y a de quoi péter un câble. Comment tu peux revenir au bout d'une semaine ?

— Bien reçu Z2. Je vérifie et te rappelle. Terminé.

À force de prendre des risques, il réussit à recoller un peu le taxi, qui traversait maintenant la place de la Concorde. Il le vit s'engager sur le cours la Reine, tourner vers le pont des Invalides et emprunter la rampe qui conduisait au port des Champs-Élysées.

Il accéléra encore et brûla un feu avant d'arriver lui aussi devant la rampe, mais une barrière réservait l'accès aux usagers du port. Il jeta l'Audi en vrac, baissa le pare-soleil « Police » pour qu'elle ne soit pas embarquée en fourrière, et descendit à grandes foulées.

Quand il déboula sur le quai, le taxi avait disparu. Au-dessus des flots perturbés, une nuée de mouettes voletait en pagaille et faisait un boucan pas possible. Rien d'autre à l'horizon. Persuadé qu'il avait dû continuer sur le quai, Gabriel cavala jusqu'à l'arche du pont Alexandre-III. Mais cent mètres plus loin, des travaux de voirie empêchaient tout passage.

Il resta planté là, essayant de comprendre comment le véhicule avait pu disparaître aussi vite. Seule issue, improbable : les anciens hangars à bateaux construits sous les contreforts du pont, désaffectés depuis un sacré bout de temps. La lourde grille métallique qui en barrait l'accès était condamnée par une chaîne cadenassée.

Pendant qu'il se secouait les méninges, les mouettes continuaient leur cirque dans le ciel tourmenté.

Leurs cris résonnaient dans sa tête.

La séquence s'invita malgré lui.

La plage de Trouville, tout au bout, là où s'arrêtent les planches et où commence la corniche. Ils sont tous les trois assis dans le sable autour d'un pique-nique improvisé. Tom lance des morceaux de sandwich aux mouettes, qui viennent les choper en plein vol en rivalisant d'adresse et d'audace.

— Regarde, papa, la mouette, elle a attrapé le bout de pain !

Marie sourit tandis que les congénères de la mouette agile la pourchassent en lui gueulant dessus pour lui faire lâcher le morceau.

Les mouettes s'étaient brusquement calmées et une légère puanteur lui remonta aux naseaux. Malmenés par les éléments, les flots charriaient maintenant autre chose que du limon. Cadavres en putréfaction, carcasses métalliques, objets volés en tout genre dont on s'est débarrassé… Un magma géant et nidoreux s'activait en silence sous la surface. Il remonta le quai, totalement trempé, et se dirigea vers sa voiture. Juste à temps. Un jeune gardien de la paix était en train de la gratter pendant que, dans la voiture sérigraphiée garée derrière, son supérieur était au téléphone.

— Vous n'avez pas vu la plaque « Police » ? dit Gabriel, exaspéré.

— Si… oui… Désolé, s'excusa le bleu. C'est mon brigadier qui m'a dit…

Gabriel jeta un œil vers le gradé et le gratifia d'un regard explicite. Le type crut bon de le rejoindre pour se justifier.

— C'est pas une raison, hein ! C'est à nous de montrer l'exemple.

Depuis quelques années, la plupart des flics avaient peu à peu été remplacés par des fonctionnaires de police pour lesquels le code de déontologie était devenu plus important que le Code de procédure pénale. Certains d'entre eux, aigris ou revanchards, prenaient même un malin plaisir à faire chier les *cow-boys de la PJ*[1], qu'ils jalousaient en secret. Et pendant que les poulets se cherchaient des poux entre eux, le voyou se marrait. Le seul perdant était finalement l'honnête citoyen – mais il y avait longtemps que le sort de l'honnête citoyen n'intéressait plus grand monde.

Gabriel s'installa au volant et démarra en lui roulant presque sur les godasses. Dans le rétro, le gradé fulminait. Ça le fit sourire. C'était déjà ça.

***

Le bruit de ses pas mêlés à ceux de l'identificateur de l'institut médico-légal qui le précédait rebondissait contre les murs du couloir et lui revenait en écho distordu et grinçant. Ses sens lui jouaient des tours et il n'aimait pas ça.

L'homme poussa la porte de l'une des chambres froides. Après avoir consulté le registre administratif, il avança vers les compartiments réfrigérés, ouvrit la porte de l'un de ceux situés sur sa gauche et tira le plateau coulissant. À ce stade, les vingt trois composés cadavériques qui, sur une scène de crime, s'accrochaient aux muqueuses nasales s'étaient volatilisés depuis longtemps et aucune odeur particulière ne flottait dans l'air. C'était heureux pour toutes celles et ceux qui bossaient ici.

— C'est con. Je crois bien que j'aurais voté pour lui… lâcha-t-il en faisant glisser la fermeture du sac mortuaire.

Le corps de Bertrand Saint-Preux apparut. Plus mort que ça, tu meurs.

---

1. Police judiciaire.

— Vous vouliez voir quoi exactement ?

Gabriel fit doucement pivoter la tête encore rubéfiée par endroits de l'ex-futur président de gauche à droite et approcha son visage du cadavre, faisant mine de vérifier quelque chose de purement technique.

— C'est bon. Merci.

Puis il tourna les talons sous le regard perplexe de l'employé.

***

Quand ils aperçurent sa voiture, les journalistes qui campaient devant le 36 en se protégeant des bourrasques se précipitèrent en tendant leurs micros. Certains étaient même tellement insistants que les deux plantons furent obligés de les repousser manu militari pour permettre à Gabriel de passer la barrière.

À l'étage, les bureaux de la brigade étaient en effervescence. Tous les effectifs avaient été réquisitionnés pour entendre les membres du staff de Bertrand Saint-Preux, dévastés par la disparition inexpliquée – et pour l'instant inexplicable – de leur ami et champion. Douleur retenue pour certains, lâchée pour d'autres, chacun réagissait à sa façon. Mais la plupart étaient persuadés qu'il avait été purement et simplement supprimé.

Face à Baldec et Gabriel, Feldman était entre détresse et sidération et en avait même desserré sa cravate Hermès.

— Vous pensez que j'ai pu… enfin… que ça pourrait être moi ?! Vous n'êtes pas sérieux ?

Gabriel menait l'audition. Baldec était à l'ordinateur et sondait l'homme du coin de l'œil.

— On ne vous accuse de rien, mais à ce stade de l'enquête on est obligés d'envisager toutes les pistes. Après tout, vous êtes son plus proche collaborateur et le dernier à l'avoir vu vivant.

— Non mais ça ne va pas ? Pourquoi ? Pourquoi j'aurais fait ça ?! Nom de Dieu ! On venait d'apprendre qu'on avait un boulevard !

— Si vous saviez ce qu'on voit, parfois, lâcha Baldec sans lever les yeux du clavier qu'il martyrisait consciencieusement.

Feldman secouait la tête de gauche à droite. Il posa les coudes sur ses genoux, enfouit ses doigts dans sa tignasse ondulée et fixa le sol.

— Je suis en train de rêver, putain… Je vais me réveiller… Je veux voir mon avocat ! lança-t-il en se redressant pour reprendre un peu de contenance.

— Ça ne sera pas nécessaire pour l'instant, je vous rappelle que vous êtes entendu comme simple témoin. Témoin privilégié, certes, mais simple témoin. Vous n'êtes accusé de rien, sinon votre avocat serait déjà là.

— Bon… Écoutez… je vous jure… Nom de Dieu… mais c'est pas vrai… je me retrouve obligé de jurer que j'ai pas tué mon pote !

On frappa.

— Oui ? fit Gabriel en levant le nez.

Albane passa la tête par l'entrebâillement et inclina le menton pour lui demander de la rejoindre dans le couloir. Elle lui montra le feuillet qu'elle tenait à la main.

— Les mecs de l'IJ[1] ont retrouvé les paluches de Saint-Preux sur le chambranle de la fenêtre. Main droite et main gauche de chaque côté, précisa-t-elle en mimant la position, pouces en bas. Apparemment, il a essayé de se retenir.

1. Identité judiciaire.

Pendant que Gabriel étudiait les photos, elle poursuivit :

— Marquand t'attend. Et elle n'est pas seule. Y a du lourd, si tu vois ce que je veux dire…

Il frappa un coup et entra sans y être invité. Marquand était en pleine discussion avec Philippe Martignac, le préfet de police, assis face à elle. La cinquantaine grisonnante, l'allure qui allait bien avec la fonction et la mine de celui à qui on ne la fait pas. Avant que Gabriel n'ouvre la bouche, sa patronne lui lança un coup d'œil facile à comprendre : « Si jamais tu déconnes, je te mute à Saint-Pierre-et-Miquelon ! »

— Monsieur le préfet, commença-t-elle, le commandant Spaak, que vous avez déjà rencontré. C'est lui qui dirige l'enquête sur le décès de Bertrand Saint-Preux.

— Bonjour, commandant, lança Martignac en se levant et en tendant la main.

Gabriel tendit la sienne et lui adressa un coup de menton respectueux.

— Monsieur le préfet.

Marquand désigna un fauteuil à Gabriel.

— J'étais en train de dire à monsieur le préfet que, pour l'instant, et malgré le fait que tout un groupe travaille sur l'affaire, nous n'avions aucune piste sérieuse.

Martignac la laissa à peine finir et s'adressa à Gabriel.

— Et j'étais en train de dire à votre cheffe de service que ceci est extrêmement préoccupant. L'émoi suscité par ce drame grandit d'heure en heure. Ses partisans crient à l'assassinat politique et les médias entretiennent le doute. La mise en examen de son rival lui ouvrait un boulevard.

Il joignit les mains en tapotant en rythme ses deux index tendus.

— Si nous voulons éviter que cette colère ne descende dans la rue, nous avons intérêt à trouver une explication. Et rapidement. Comme vous le savez, la situation sociale est toujours tendue. Nos petits agitateurs professionnels n'attendent qu'un prétexte pour monter au créneau et faire que tout s'embrase à nouveau. Et je vous avouerais que je n'en ai pas du tout envie.

Gabriel resta silencieux. Marquand l'invita à répliquer d'un regard. Ce qu'il fit.

— Je comprends, monsieur le préfet, mais je ne peux malheureusement rien vous dire de plus. Au stade où en sont nos investigations, nous n'avons aucun témoin direct et aucun indice flagrant. Tout ce qu'on sait, c'est qu'il a essayé de se retenir, on a retrouvé des traces de saisie sur le chambranle de la fenêtre.

Martignac hocha la tête.

— Oui... on m'a dit. Il est donc possible... je veux dire *probable*... qu'on l'ait poussé, poursuivit-il avant de marquer un temps. Le restaurant n'était pas équipé de caméras ?

— Pas à cet endroit, et de toute façon ça n'expliquerait pas la torsion à cent quatre-vingts degrés du rachis. D'après le légiste, il n'a pas pu se faire ça en tombant.

— Comment alors ? lâcha le préfet, plutôt décontenancé.

— Il ne sait pas. Il est en train de faire le tour de ses confrères pour voir si un cas similaire a déjà été signalé.

Le haut fonctionnaire cogita quelques secondes, puis sembla se résoudre à la seule conclusion possible : les flics faisaient ce qu'ils pouvaient. Leur demander d'aller plus vite que la musique n'aurait servi strictement à rien.

— Bien... Je ne vais pas vous déranger plus longtemps, dit-il en se levant.

Il serra la main de Marquand et fit de même avec Gabriel.

— Je compte sur vous pour me tenir au courant des moindres avancées, commissaire.

— Bien entendu, monsieur le préfet, dit-elle en se voulant rassurante.

Elle le raccompagna à la porte. Gabriel affichait une mine soucieuse.

— Le préfet qui se déplace en personne au lieu de me faire traverser le boulevard, t'as compris le message… Avant ton arrivée, on évoquait la piste politique.

Gabriel secoua la tête.

— C'est pas de ce côté qu'il faut chercher.

— De quel côté alors ?

Temps suspendu. La sonnerie du téléphone retentit. Marquand revint vers son bureau et tendit la main.

— Allô ? (…) Ah… OK… Bon… Dites-lui qu'on envoie quelqu'un.

Elle raccrocha et se tourna vers Gabriel.

— Il paraît que Mme Saint-Preux a des choses à dire, tu veux bien t'en charger ?

6

Il était entré par l'avenue Van-Dyck. À travers les fenêtres de l'appartement haussmannien qui donnaient sur le parc Monceau, on pouvait apercevoir, parmi les buissons de l'allée de la Comtesse-de-Ségur, les gamins de l'École internationale bilingue qui jouaient en criant. Mais dans le grand salon, il n'y avait que le vide. Celui de l'absence. De la disparition. La vie n'était que bruit. La mort n'était que silence.

Raphaëlle Saint-Preux, la quarantaine sophistiquée, triturait nerveusement l'accoudoir de son fauteuil roulant pendant que son médecin traitant finissait de lui prendre la tension. Malgré l'invitation à s'asseoir, Gabriel était resté debout et en profitait pour photographier le salon du regard : décoration luxueuse sans être ostentatoire. Du goût. Et de l'argent. Celui de madame, les origines du prétendant à la magistrature suprême étant plutôt modestes.

— Tu as une petite tension, je vais te prescrire un remontant, d'accord ? susurra le toubib en rangeant son matériel. Quelque chose de léger, rassure-toi.

Il sortit un Meisterstück de sa poche intérieure et se mit à noircir quelques lignes de son ordonnancier.

— Dès ce soir, c'est mieux, dit-il en détachant avec précaution la feuille.

— D'accord, Michel. Merci. Tu peux donner ça à Jai-Jai en partant, s'il te plaît ? Elle ira me le chercher.

Le docteur embrassa la main qu'elle lui tendait, salua Gabriel et sortit de la pièce. Raphaëlle Saint-Preux patienta jusqu'à entendre le bruit de la porte qui se referme et s'adressa à son visiteur.

— Pardon de vous avoir fait attendre, s'excusa-t-elle. Heureusement qu'il est là, vous savez. C'est un ami très proche de mon mari. Je veux dire *c'était*…

— Je vous en prie, madame, la rassura Gabriel en posant ses fesses sur le bord du canapé Louis XV.

Les yeux de la veuve se perdirent quelques secondes sur la cime des arbres du parc qu'on apercevait à travers les immenses fenêtres à gueule de loup. Elle passa doucement ses mains sur son visage, comme si elle voulait lisser ses deux sillons nasogéniens.

— Il y a une chose dont je n'ai pas parlé à vos collègues quand ils sont venus m'interroger… reprit-elle en roulant vers un secrétaire en marqueterie. Une affaire personnelle qui d'après moi ne pouvait pas intéresser l'enquête. Mais, à la réflexion, je pense qu'il ne faut rien négliger.

Gabriel la vit sortir une grande enveloppe kraft d'un tiroir.

— Il y a plusieurs mois, j'ai engagé un détective privé, dit-elle en revenant vers lui. Je sentais que mon mari… enfin… il n'était plus le même. Et je voulais en avoir le cœur net.

Elle lui tendit l'enveloppe. Elle contenait une dizaine de photographies, toutes en noir et blanc, qui montraient Saint-Preux en compagnie d'une femme vêtue d'un trench lui arrivant à mi-cuisse. Ses cheveux étaient enveloppés d'un foulard et une large paire de lunettes noires barrait son visage. Sur l'une d'elles, ils sortaient ensemble du Costes, l'un des hôtels-restaurants parmi les plus *branchés* de la capitale. Sur une autre, ils grimpaient dans un taxi garé avenue Montaigne. Pour Gabriel, l'affaire était entendue. Le candidat s'offrait des petits cinq-à-sept. Cependant, il fit le naïf.

— Une… collaboratrice ?

— Une pute, asséna sèchement Raphaëlle Saint-Preux, mais je reconnais qu'elle a de l'allure.

Sa mâchoire se crispa. Gabriel se contenta d'un léger mouvement de tête.

— Vous savez… après mon accident, le regard des gens sur moi a changé. Celui de mes amis, de ma famille aussi. Mais pas celui de mon mari. Nous avons même continué à avoir une vie amoureuse. Malgré toutes ces filles qui lui tournaient autour. On pourrait trouver ça étonnant. De ne pas mêler l'euphorie du sexe à celle du succès. Lui n'était pas comme ça. Il avait une mission. Il voulait changer les choses. Pas seulement son pays… Le monde ! Il avait le droit de rêver, ajouta-t-elle en murmurant presque. Mais depuis qu'il fréquentait cette…

Elle hésita. Ses lèvres se tordirent.

— … femme, il était différent.

Gabriel remarqua la carte de visite agrafée sur l'enveloppe. Celle de l'auteur des épreuves : un dénommé Renucci, qualifié en Garamond gaufré de *Détective privé* et exerçant rue du Louvre. Hollywood avait suffisamment perverti les esprits pour qu'un polar français sur deux parle encore de *mandat de perquisition* et pour qu'on puisse penser qu'un détective privé français pouvait agir comme un PI, un *private investigator*, américain. En fait, en France, ces mandats n'avaient jamais existé, et les détectives privés n'avaient pas plus de droits que le péquin lambda. Mais l'heure n'était pas aux explications techniques.

— Je peux ?

Elle acquiesça. Il détacha la carte de visite et la glissa dans sa poche intérieure.

— Vous pensez donc que cette liaison pourrait avoir un rapport avec sa mort ?

— Je n'en sais rien… Mais si c'est le cas, je souhaite qu'on ne me cache rien, dit-elle en montant les yeux vers lui. Promettez-le-moi.

— Madame, le rôle de la police n'est pas de cacher quoi que ce soit à quiconque, et encore moins aux familles des victimes. Notre travail consiste à établir les faits. Quels qu'en soient les tenants et les aboutissants.

— Bien… Merci, lâcha-t-elle, peu convaincue.

Tandis qu'il se levait, elle fit rouler le fauteuil vers lui.

— Commandant… Une dernière chose.

— Oui, madame ?

— J'ai besoin de savoir quand le corps de mon mari me sera rendu. Je dois organiser les obsèques.

— Je ne sais pas. Comme on vous l'a indiqué, il y a ce qu'on appelle un *obstacle médico-légal*. Le permis d'inhumer ne sera délivré que lorsque la cause du décès sera clairement établie.

Elle encaissa l'information, stoïquement, puis se mit à le fixer étrangement.

— On l'a tué, n'est-ce pas ?

— C'est une éventualité qu'on ne doit pas écarter, répondit en toute franchise Gabriel.

L'employée philippine se pointa avec un lourd plateau qu'elle déposa sur le guéridon près du canapé. Elle versa de l'eau chaude dans un bol dont le fond était garni de poudre verte et commença à battre le mélange à l'aide d'un petit fouet de bambou. L'odeur puissante et caractéristique du matcha sauta au nez de Gabriel. Marie adorait ce thé qui coûtait la peau du cul et qu'elle mettait une demi-journée à préparer correctement. Lui était plus café. Capsule, bouton, tasse remplie.

— Bien, je vais vous laisser, dit-il.

— Merci d'être venu, commandant. Jai-Jai, voulez-vous raccompagner monsieur, s'il vous plaît ?

La Philippine le gratifia d'un sourire poli. Raphaëlle Saint-Preux articula imperceptiblement, comme si elle pensait à voix haute :

— On s'apitoie toujours sur les morts, mais le plus difficile est souvent pour les vivants.

Même si la réflexion n'était pas inexacte, l'expérience personnelle de Gabriel l'empêcha d'y adhérer :

— Ça, j'en serai sûr le jour où ce sera le mort qui me le dira, madame, rectifia-t-il avant d'emboîter le pas de la Philippine.

***

Au-dessus de sa tête, le ciel avait pris une couleur souffre et menaçait de s'écrouler. Des torrents de flotte se déversaient sans le moindre répit. Il se dit que Noé avait dû vivre un moment similaire. À la radio, Météo-France annonçait l'intensification de la dépression orageuse bloquée sur le pays sans que l'on puisse l'expliquer. On parlait de tropopause, de cumulonimbus d'origine convective et autres sommets protubérants sans dire combien de temps cela durerait. Pour couronner le tout, l'animatrice eut ensuite l'idée géniale – ou saugrenue – de passer un morceau de circonstance. Le tube, le seul, de B. J. Thomas.

Raindrops are falling on my head
And just like the guy whose feet are too big for his bed
Nothing seems to fit
Those raindrops are falling on my head, they keep falling

Avant, à chaque fois qu'il l'entendait, ce morceau devenu célèbre pour avoir illustré la fameuse séquence de la bicyclette dans *Butch Cassidy and the Sundance Kid* avait le don de le mettre de bonne humeur. La gentillette philosophie des textes, la mélodie et le tempo entraînants soulignés par la conclusion des cuivres. En temps normal, l'ensemble distillait un parfum d'insouciance et de bonheur de vivre. Pas aujourd'hui. Pas en ce moment.

— Ta gueule, Billy Joe… marmonna Gabriel en éteignant la radio.

Son portable vibra dans le support du kit mains libres.

— Oui, Albane ?

— J'ai eu les Boers. Ils n'ont aucun taxi Checker répertorié, ni aucun autre modèle américain d'ailleurs. T'es bien sûr de la marque et du modèle ?

Il en était sûr. Et s'il commençait à douter de ça, il faudrait qu'il doute de tout le reste. Impossible.

— OK, reçu. Je te remercie.

— Tu veux que je continue de gratter ?

— Non. Laisse tomber. Je vais gérer.

Plus loin sur le boulevard, un peloton de CRS commençait l'évacuation d'un camp de Maliens et se heurtait aux militants de l'association d'aide aux sans-abri qui les avaient aidés à investir le trottoir, le long des grilles du parc. Giclant des tentes Quechua multicolores, des dizaines de types se faisaient la malle, coursés par les flics. La plupart étaient rapidement rattrapés et maîtrisés, certains trébuchaient et se pétaient la gueule sur la chaussée, tandis que d'autres parvenaient à passer entre les mailles du filet bleu blanc rouge. Gabriel pila pour éviter l'un des fuyants qui traversait comme un dératé. Il était poursuivi par trois bleus mais il n'avait aucun souci à se faire ; vu la légèreté de leur tenue MO[1], les flics seraient vite dans le vent.

***

Gabriel vira le manteau, accrocha le holster contenant le SIG à un coin de chaise et alla immédiatement jeter le tube de Lexomil dans la poubelle de la cuisine. Dans la foulée, il saisit toutes les bouteilles d'alcool du bar et les vida une à une dans l'évier.

Pendant que les dernières gouttes disparaissaient dans un tourbillon, il se remit en boucle la séquence du taxi et de Saint-Preux – ou plutôt son sosie – assis à l'arrière. Il plongea la main dans la poubelle, en ressortit le tube de Lexomil et plissa les yeux pour déchiffrer ce qui était écrit en lettres minuscules dans la partie « effets indésirables ».

À part la baisse de libido et les éruptions cutanées *avec ou sans démangeaisons*, le reste pouvait correspondre : vision double, réactions paradoxales avec augmentation de l'anxiété, agitation, agressivité, confusion des idées, voire hallucinations…

Il retint surtout les plus récents : confusion des idées, hallucinations. Plus le whisky qu'il s'envoyait régulièrement depuis quelques mois. Ça devait être ça. Ça ne pouvait être que ça.

Il tendit ses deux bras contre le bord de l'évier et laissa son regard vagabonder. Magnets sur la porte du frigo. Dessins d'enfant sur le grand tableau de liège de la cuisine. Tom avait toujours été doué pour le dessin et adorait les personnages d'heroic fantasy. Il y avait des Hobbits, des Elfes, des Dragons, un Gollum stylisé.

1. Maintien de l'ordre.

Il s'alluma une clope et se dirigea vers son ordinateur pour consulter ses mails. Trois particuliers, deux Belges et un Français, avaient répondu à sa demande d'achat de Ford Mustang modèle compétition en envoyant des photos de leur bolide. Mais aucune ne correspondait à la référence punaisée en haut du plan.

Il ouvrit la procédure et relut pour la énième fois l'audition du chauffeur du camion dans lequel s'était encastrée la voiture de sa femme. Le passage qui décrivait le véhicule du chauffard responsable de l'accident était surligné au Stabilo vert : « Une Mustang, oui… Je suis sûr… C'était la même que celle de McQueen dans *Bullitt*, mais en beige avec des lignes noires tout du long et un numéro sur la portière, mais j'ai pas bien vu. Il a brûlé le feu, la voiture rouge a fait une embardée pour l'éviter et elle est venue me taper de plein fouet. J'ai eu le temps de rien… J'ai pas pu l'éviter… Nom de Dieu… Plus de vingt ans sans aucun accident ?! C'est pas possible ce qui est arrivé ! C'est pas possible… »

D'après ce qu'on avait dit à Gabriel, le pauvre type était anéanti et n'était pas près de s'en remettre.

Ils étaient deux.

Il posa le front au creux de ses mains et resta un moment ainsi. Puis son regard accrocha un cadre posé sur une étagère. Lui, sa femme et son fils souriants sur une plage bretonne.

Il massa ses globes oculaires, respira un grand coup et alluma la télé.

Impossible d'y échapper. Toutes les chaînes d'info faisaient du non-stop sur la disparition de Saint-Preux, et les experts autoproclamés qui monopolisaient les plateaux y allaient tous de leur spéculation. Certains d'entre eux ne se gênaient d'ailleurs pas pour suggérer l'implication de la finance internationale, à laquelle il avait juré de s'attaquer.

Il zappa et atterrit sur un nouveau flash météo. Le cycle inédit d'intempéries était en train de se propager à l'Europe entière, sans qu'aucun spécialiste ne puisse vraiment en expliquer la raison. Il se laissa glisser dans le canapé et ferma les yeux.

***

L'oiseau noir planait au-dessus des eaux sombres de la Seine. Il s'approcha de l'île de la Cité. Arriva face à l'imposante façade ouest du Palais de Justice. Plongea à l'intérieur du bâtiment par l'une des fenêtres ouvertes. Flotta dans le long couloir qui menait à la bibliothèque de la Cour de cassation, passa à travers l'emplacement vacant de l'œil-de-bœuf de l'une des portes battantes en cours de réparation… Et vint se poser sur le dossier d'une chaise, située quelques mètres derrière un homme assis au bout d'une grande table de chêne.

L'homme croisait et décroisait ses mains sur la table tandis que sa jambe gauche s'agitait. Soudain, la porte s'ouvrit. Trois hommes en robe rouge et épitoge, la tenue des magistrats de la Cour de cassation, la plus haute juridiction de l'ordre judiciaire français, s'installèrent à l'autre extrémité de la table.

L'immense pièce n'était que faiblement éclairée, mais parmi les trois juges, on pouvait reconnaître le Chauve, aperçu avec le Taxi. Le deuxième était très brun. Le troisième, très blond, presque peroxydé. Ces deux derniers paraissaient avoir le même âge que le premier.

— Est-ce que quelqu'un peut me dire à quoi on joue ? fit l'homme en se redressant.

Le Brun, le président de séance, s'entretint brièvement avec les deux autres juges et prit la parole.

— Ne voyez dans ce cérémonial aucun jeu, maître, notre décision est prise et nous allons la porter à votre connaissance. Levez-vous, je vous prie.

Lorsque l'homme obtempéra, le mince rayon de lune qui éclairait la pièce rebondit contre son visage. C'était Bertrand Saint-Preux.

Un cri déchirant résonna dans tout le Palais.

7

Cela faisait six mois pile. Six mois qu'il venait, à la même date, se recueillir au cimetière de Garches devant les tombes de sa femme et de son fils, enterrés côte à côte dans le caveau familial. Sur la partie droite de la plaque de marbre, une inscription avait été gravée à sa demande, quelques semaines après l'enterrement. Il y avait son prénom, son nom et sa date de naissance suivis d'un tiret, derrière lequel on inscrirait la date de sa propre mort.

Ce jour prochain où il irait enfin les rejoindre.

On ne suit jamais le même chemin. Pourtant, à la fin, on se retrouve toujours au même endroit, pensa-t-il en déposant le bouquet de roses blanches, les préférées de sa femme, sur la pierre tombale.

Ensuite, il se redressa, croisa les mains devant lui et ferma les yeux en récitant dans sa tête quelque chose qui n'était pas vraiment une prière, mais qui y ressemblait quand même.

Quand il les rouvrit, un chat roux le fixait. Il était assis sur une tombe voisine, dans l'attitude caractéristique des félins tranquilles, et semblait compatir à sa douleur. Il s'accroupit et tendit la main. Le matou hésita deux secondes, puis, finalement, vint chercher la caresse.

Une odeur âcre lui sauta aux naseaux. Près du carré juif, connu pour abriter la dépouille de Guy Béart, un employé municipal faisait brûler de vieilles herbes. Le vent amenait des nappes de fumée vers Gabriel et propulsait de nombreuses flammèches dans l'air. Une danse aérienne incandescente, qui se terminait en pluie rouge et grise. Sa vision se flouta.

Saint-Amand à la fin de l'été ; il ne fait plus jour, mais pas encore nuit. Au fond du jardin, Gabriel vient de mettre le feu à un vieux tas d'herbes et de branches mortes. En brûlant, les végétaux produisent de petits craquements réguliers et, avec le vent léger, quelques cendres montent vers le ciel, puis retombent en planant sur la pelouse. Tom s'amuse du spectacle.

— Regarde papa, il neige du feu !

Un croassement rauque le ramena sur terre. Un corbeau était venu se poser sur la branche de l'érable situé au coin de l'allée, à une dizaine de mètres. Le chat émit un curieux miaulement à son encontre. Le corbeau s'envola. Le chat s'éclipsa.

Gabriel se releva et se dirigea vers la sortie. Par-delà les murs d'enceinte du cimetière, les blocs d'immeubles de la rue des Quatre-Vents constituaient une muraille protectrice à celles et ceux qui reposaient ici. Il passa près de la tombe asymétrique de Sidney Bechet et jeta un œil à celle, imposante, d'Henri Bergson. En son temps, le philosophe souhaitait rétablir la primauté de l'esprit sur la matière et de l'intuition sur la raison. Il aurait sans doute été un confident parfait. Trop tard.

Au moment où il s'installa au volant de l'Audi, son téléphone vibra. Le détective privé engagé par Raphaëlle

Saint-Preux avait répondu à son message. Il venait de rentrer de déplacement et lui proposait de passer le voir dans la matinée.

***

Copie conforme du bureau d'un privé américain. Mini-panier de basket au mur, imper au perroquet, casquettes du SWAT[1] de Los Angeles et d'autres services de police posées bien en évidence, photos du loustic au stand de tir en *weaver stance*, face et profil. Fabien Renucci, le détective photographe, se la jouait Mike Hammer – mais sa secrétaire était loin de ressembler à Velda. Petite souris grise occupée à taper sur son clavier, elle observait les deux hommes à la dérobée derrière ses lunettes. Pendant que Gabriel consultait le dossier Saint-Preux, Renucci fit claquer le capuchon en fer-blanc de son Zippo et s'alluma une Lucky Strike. L'odeur caractéristique de l'essence brûlée titilla les narines du flic.

— J'ai jamais réussi à la loger. Chaque fois que je l'ai prise pedibus, elle m'a mis dans le vent. On aurait dit qu'elle savait qu'elle était filochée, dit Renucci en tirant longuement sur sa cigarette. Pourtant, je suis pas un perdreau de l'année… Quinze ans de maison.

Gabriel sortit d'autres photos d'une chemise cartonnée. L'accompagnatrice de Saint-Preux n'était effectivement pas identifiable.

— Quels services ? demanda Gabriel sans lever les yeux.

— IJ… sur le 77. Donc la technique, ça me connaît.

1. Special Weapons And Tactics – acronyme des Unités d'Intervention américaines.

— Vous n'avez jamais réussi à lui taper le portrait mieux que ça ? poursuivit-il.

— Non. Deux-trois fois j'ai pu la shooter en gros plan, mais au développement les tirages étaient flous.

— Au développement ?

— Je travaille à l'ancienne, précisa-t-il fièrement.

— Et que du noir et blanc ?

— Je trouve ça plus classe que la couleur.

Gabriel resta interdit. Il était tombé sur du lourd.

— Vous pouvez me la décrire ?

— Un mètre soixante-dix facile. Gaulée comme un avion. Le genre de belette sur lequel on se retourne dans la rue, dit-il, clin d'œil à l'appui. Si vous voyez ce que je veux dire…

Il avait prononcé les derniers mots en baissant le ton, mais la souris grise avait tout de même entendu et se fit toute petite derrière son ordinateur.

— Les cheveux ?

— Roux. Mais c'est peut-être une perruque. En tout cas, c'est une pro.

— Qu'est-ce qui vous fait dire ça ?

Renucci tapota l'aile de son nez rubicond avec son index.

— Le pif.

Gabriel retira des photos du dossier.

— Je garde celles-là, si vous le permettez.

Le privé savait qu'il n'avait pas d'autre option.

— Je vous en prie.

Il tira une nouvelle taffe de la Lucky en tentant, et ratant, un rond de fumée.

— En fait, je me suis même demandé si ça pouvait pas être un coup tordu du camp adverse. Lui mettre une pute dans les pattes pour lui ressortir au moment opportun… genre entre les deux tours.

— Allez savoir. Vous n'avez pas l'intention de vous barrer à l'étranger ces prochains jours ? demanda Gabriel en se levant.

— Non, je suis sur une grosse affaire, fit Renucci sur le ton de la confidence. Pourquoi ? Je suis considéré comme témoin important et je dois pas quitter le territoire ?

— Non. C'est juste que j'aurai sans doute besoin de vous entendre sur PV. Donc si vous devez bouger, dites-le-moi.

— Pas de problème, je connais la chanson. Ça sera rigolo pour moi d'être de l'autre côté de la machine à écrire.

— Rigolo, peut-être, instructif, certainement. Vous verrez, on est passés à l'ordinateur depuis quelques années.

***

Gabriel ouvrait la portière de la voiture lorsque son téléphone vibra au fond de sa poche.

— Oui, Erwann ?

Baldec était à son bureau, le nez sur les fadets, les facturations détaillées de l'opérateur téléphonique, qui, outre l'identité des appelants et des appelés, indiquait le temps qu'avait duré chaque conversation.

— J'ai le retour des portables de Saint-Preux et de Moon sur les deux derniers mois, dit-il. Tous les deux ont été en contact avec le même numéro : neuf fois pour Moon, sept fois pour Saint-Preux. Et tous les deux ont été appelés dans les minutes qui ont précédé leur décès.

— Un 06 attribué à qui ? interrogea Gabriel en s'installant au volant.

— Une nommée Ariane Kallista. Née en 1941. Elle crèche avenue Rapp. J'ai essayé de la joindre… boîte vocale.

Un double appel interrompit leur conversation. Un fixe. Il mit Baldec en attente et écouta le type de la mairie l'informer que, contrairement à ce qu'il croyait, c'était une société privée qui gérait les anciens hangars à bateaux. Il le remercia et reprit Baldec.

— Excuse-moi. Bon… Va taper l'adresse avenue Rapp et tiens-moi au courant. Moi, j'ai une vérif à faire.

Il raccrocha et composa un numéro.

— Comment tu vas ? fit la voix masculine.

— Ça va. Enfin… autant que faire se peut.

— Ouais, je m'en doute…

— T'aurais un moment à me consacrer ? Je vais avoir besoin de tes services.

— Quand ça ?

— Disons entre maintenant et tout de suite…

L'homme ironisa.

— OK… J'avais peur que tu aies changé !

— Merci mec, fit Gabriel avant de raccrocher.

Et il démarra.

***

Le quai était désert. Accroupi devant la grille qui condamnait l'entrée des anciens hangars, Armen Balekian, le serrurier amicalement réquisitionné, avait mis presque cinq minutes pour venir à bout de la porte barreaudée, ce qui pour cet as du crochet était plutôt long. En quinze ans d'une collaboration qui, parfois, avait inclus quelques opérations Libellule[1], Balekian s'était toujours illustré par son talent à nul autre pareil. Aucune serrure, aucune porte blindée ne lui avait jamais

1. Visite domiciliaire faite en catimini, hors du cadre légal.

résisté. Au point qu'il avait été surnommé *Doigts de Fée* par ses semblables.

— Voilà ! C'est propre, constata-t-il, satisfait. Avec un peu de chance, ton gars ne remarquera rien. Au pire, il pensera à une tentative foirée.

— Je te revaudrai ça, Armen, dit Gabriel en lui filant une tape dans le dos.

— T'inquiète. Appelle-moi juste pour me donner de tes nouvelles, répondit-il en finissant la manipulation. Et boire un coup, à l'occasion.

Pendant qu'il ouvrait prudemment la grille, un corbeau vint se poser sur l'une des poutrelles du pont et se mit à observer la scène. Gabriel entra. Le serrurier referma la porte, rangea le matériel dans le coffre de sa voiture garée au cul de l'Audi, et quitta les lieux le plus discrètement possible.

Gabriel alluma sa Maglite et progressa en silence. En attente de réhabilitation, les anciens hangars étaient entièrement vides. Dans la partie droite, à une dizaine de mètres de l'entrée, il aperçut une autre grille métallique en accordéon et, derrière, un ascenseur hydraulique assez large pour accueillir un véhicule de la taille d'un Checker.

Son portable vibra. Baldec, à nouveau.

— Oui, Erwann ? fit-il en posant sa main en crochet sur le téléphone.

Façade à bandeaux séparant les étages et fenêtres en plein cintre, l'hôtel particulier de l'avenue Rapp devant lequel se trouvait Baldec en imposait.

— C'est pas Ariane Kallista qui utilise son portable. Elle est morte y a trois ans.

— Qui alors ?

— Ça, mystère… Elle n'avait ni mari ni enfants, et, d'après ce que les voisins m'ont dit, elle était du genre très discret. En tout cas, ça allait pour elle, tu verrais la gueule de l'hôtel particulier…

— Si le téléphone fonctionne, c'est que les factures sont payées, enchaîna Gabriel. Il faut savoir par qui.

— Un peu tard pour taper l'opérateur. Je m'occupe de la réquise demain à la première heure.

— OK, à demain, fit Gabriel avant de raccrocher.

Il attendit quelques instants, puis entra dans la gueule béante de l'ascenseur qui lui faisait face, referma la mâchoire d'acier et actionna la descente vers les entrailles suintantes du sous-sol parisien.

L'ascenseur s'arrêta dans un grincement. Il se trouvait maintenant dans une grande salle voûtée, éclairée par deux LED blafardes montées sur trépieds. Probablement une ancienne zone de stockage de coques de bateaux, au vu des deux carcasses vermoulues posées contre un mur. Au milieu de la pièce, un véhicule était dissimulé sous une bâche de protection. Il dégagea la toile d'un geste rapide. Marque, modèle, couleur, immatriculation – celle qu'il avait notée : c'était le taxi.

Sur la gauche, un couloir aux murs humides s'enfonçait en légère pente. Le fleuve devait être à quelques mètres à peine. Au bout du couloir, un escalier en colimaçon descendait dans le noir. Il pointa le faisceau de la Maglite, descendit les marches en essayant de ne pas se vautrer et atterrit dans un nouveau couloir au plafond voûté. L'humidité ambiante imprégnait ses vêtements et une odeur de terre et de moisi flottait dans l'air.

À une vingtaine de mètres, il aperçut une porte métallique coulissante. Par l'interstice du bas, on distinguait un mince filet de lumière. Il s'approcha et colla son oreille contre le métal. À l'intérieur, on écoutait

Perséphone de Stravinsky. Il posa sa main sur la poignée et imprima une légère traction. La porte n'était pas fermée. Il accentua le mouvement pour la faire glisser sur ses rails, cela produisit un bruit grinçant. La musique s'arrêta net. La discrétion n'étant plus de mise, il sortit le SIG du holster et entra, arme à la main, braquée vers l'intérieur de la pièce.

Le chauffeur de taxi lui tournait le dos et rangeait tranquillement le vinyle dans sa pochette estampillée Deutsche Grammophon. Il se retourna vers lui, un Partagas Lusitania incandescent au bec.

— Tu en as mis du temps, Gabriel, lui lança-t-il en recrachant une épaisse volute de fumée vers le plafond.

Le commandant s'avança en le braquant.

— Écarte les bras !

Le Taxi tendit le menton vers l'arme en fronçant les sourcils.

— Tu n'en as pas besoin avec moi. Je ne suis pas ton ennemi.

— T'es qui ?

— Je peux m'asseoir ?

— D'abord, tu vas me dire qui tu es ! Et je t'ai dit d'écarter les bras !

Le Taxi tira une autre bouffée du Havane, le posa précautionneusement dans le cendrier et s'exécuta. La barbe, les longs cheveux, le regard bienveillant, presque doux. Il ne manquait plus que la couronne d'épines autour du front et les stigmates sanglants au creux des paumes.

— Tu enquêtes sur deux meurtres… Parce que ce sont bien des meurtres, commença-t-il. Toi et moi, on peut faire que ça s'arrête. Mais il me faut ton accord.

— Qu'est-ce que c'est que ces conneries ?! Quel accord ?

— Pour qu'on collabore.

— T'es flic ?!

— Non.

— Militaire ? Privé ?

— Non.

— T'es quoi alors ?! s'énerva Gabriel.

— Mon métier consiste à transporter…

— Arrête de te foutre de ma gueule ! T'es pas taxi, ton immat est bidon !

Le Taxi sembla accepter la sentence, car il ne répliqua pas.

— Le type que t'as laissé sur le quai, hier après-midi, c'était qui ?

— Un client.

— Tu joues au con ? D'accord…

Il sortit une paire de menottes du fourreau de cuir accroché sous la bretelle droite du holster et la lui lança aux pieds.

— Mets ça !

Le Taxi se baissa pour la ramasser et se redressa en soupirant.

— Je peux t'expliquer, si tu veux.

— Tu vas m'expliquer, ouais… En attendant tu mets les bracelets. Une seule main d'abord !

— Tu me déçois, Gabriel, dit-il en enfilant la première menotte.

Gabriel s'avança vers lui, bras gauche tendu, arme en retrait près du pectoral.

— Tourne-toi ! Mains dans le dos !

Le Taxi obtempéra. Gabriel rengaina et le poussa contre le mur. Il referma sur son poignet la seconde menotte et se mit à le palper consciencieusement, en jetant un coup d'œil à la pièce. Un vieux futon. Un banc de musculation. Un miroir sur pied. Un coin cuisine à l'américaine. Point barre. Palpation terminée ; le Taxi n'avait rien sur lui. Ni documents, ni bijoux, pas même une montre au poignet, et surtout aucun objet, selon la formule consacrée, « susceptible de nuire à sa propre sécurité ou à celle d'autrui ».

— C'est quoi, ici ? Un squat ?

— Si tu n'aimes pas, n'en dégoûte pas les autres, plaisanta le Taxi.

Gabriel le chopa par le col et le retourna vers lui.

— Où sont tes papiers ?

— On m'a cambriolé… On m'a tout volé.

— C'est ça, ouais ! Ton nom ?

Le Taxi la jouait motus et bouche cousue.

— Ton nom !

— Charon.

— Prénom ?!

— Qu'est-ce qui te ferait plaisir ?

Gabriel lui décocha un bref rictus. Le gugusse cherchait la confrontation, il serait servi. Il le décolla du mur et s'apprêta à écraser le cigare toujours allumé dans le cendrier.

— Non, malheureux ! fit le Taxi, un Havane de ce rang ne s'écrase pas. Il s'éteint tout seul.

Gabriel passa outre la recommandation. Il écrasa le cigare, puis le poussa manu militari hors de la pièce.

***

Gabriel se posa sur l'une des places en épi et sortit le Taxi de l'arrière du véhicule. Le ciel était si bas qu'on aurait cru pouvoir le toucher et il décochait des hallebardes. Les gouttes d'eau grosses comme le pouce rebondissaient sur le bitume en créant d'énormes bulles qui se mélangeaient les unes aux autres avant d'être emportées vers les caniveaux. De temps à autre, un éclair déchirait le ciel et le tonnerre grondait, mais il était impossible de le localiser avec précision. Sur le quai des Grands-Augustins, de l'autre côté du quai des Orfèvres, une silhouette en long manteau observait les deux hommes qui venaient de s'engouffrer sous le porche du 36.

***

Gabriel surgit dans le couloir de la Criminelle en tenant Charon par la chaîne des menottes. Il le dirigea vers la salle de dactyloscopie, lui retira les bracelets métalliques et approcha le scanner digital. Une fois qu'il eut fait tous les doigts un par un, il le prit en photo devant la toise, pendant que le chauffeur de taxi le gratifiait de son plus beau sourire.

— C'est ça, marre-toi… dit Gabriel.

Il vérifia les prises, puis le conduisit vers l'une des cellules de garde à vue. Charon se laissa faire sans rechigner.

— Tu veux voir un avocat ? Appeler un toubib ? Téléphoner à ta mère ?

— Non, Gabriel. Pas besoin. Mais… tu as tort de me traiter comme ça.

Gabriel le poussa sans ménagement à l'intérieur et lui claqua la lourde porte vitrée au nez. Le bruit résonna dans tout le couloir.

— T'as toute la nuit pour réfléchir. Si demain matin tu me dis pas ce que je veux savoir, tu pars au ballon.

— Pour quel motif ?

— Usage de fausses plaques et exercice illégal d'une profession réglementée. Et à partir de maintenant, quand tu t'adresses à moi, c'est *monsieur* ou *commandant* ! On n'a pas gardé les cochons ensemble.

Charon lui adressa un salut militaire assorti d'un claquement de bottes.

— Bien, m'sieur l'commandant.

Gabriel ignora le ton ironique et se dirigea vers le bureau du garde des détenus. Le flic était absent. Parti pisser ou boire un café – ou les deux. Il ouvrit le registre des gardes à vue et commença à remplir la dizaine de rubriques. Il fallait y indiquer, entre autres, l'identité de l'individu concerné, le motif de sa détention, le nom de l'officier de police judiciaire responsable de la procédure, celui le cas échéant de l'avocat, du médecin, et le prénom de son premier amour. Cela faisait quelques années que le législateur s'évertuait à emmerder les flics en les assommant de tâches administratives, qui les empêchaient d'aller là où ils devaient être : sur le terrain. Ça n'avait l'air de déplaire à personne. Sauf aux flics, bien sûr.

Dans la partie « Identité », il indiqua *DSN Charon*, pour *disant se nommer*, puisqu'aucun document officiel ne pouvait en attester. Il finit par son nom et son grade, et signa au moment où la flic de garde se pointa. Jeune. Allure sportive et élancée. Curieux pour un poste d'habitude occupé par des fonctionnaires usés, sur la touche ou punis.

— Bonsoir. Spaak de la Crim'. Je viens de mettre un client en numéro 3.

— Bonsoir, lui répondit-elle poliment.

— Appelez l'IJ, qu'ils vérifient rapidos, ordonna-t-il en lui montrant la fiche dactyloscopique, et s'il est connu vous m'appelez tout de suite à ce numéro.

Pendant qu'elle examinait la carte de visite qu'il venait de lui donner, il se pencha pour jeter un dernier coup d'œil vers la cellule vitrée et le banc de béton ciré sur lequel Charon s'était finalement allongé, bras croisés derrière la nuque.

— Et il ne sort pas de la cage, même pour pisser !

La garde opina. Une fois que Gabriel se fut éloigné, elle s'approcha des cellules et échangea un bref regard avec Charon, qui venait de tourner la tête vers elle.

***

Il sortit de la douche, s'essuya rapidement, noua la serviette autour de ses reins puis alla se poser devant le miroir de la salle de bains. Pas beau à voir, mais moins *éteint* que la veille. L'extrême bizarrerie des deux enquêtes dont il avait hérité avait eu pour conséquence de le distraire de son objectif : tirer sa révérence. Pour un temps seulement. Le temps de régler ça.

Il enfila un tee-shirt et un bas de jogging, traversa le couloir et s'arrêta devant la porte d'une chambre sur laquelle on pouvait lire : « *Do not enter. Genius at work.* » Il avança la main vers la poignée… mais elle tremblait tellement qu'il renonça.

Il continua vers la chambre qui fut autrefois la chambre parentale. *Parents*. Substantif mort avec ce qu'il désignait. Au milieu de la pièce, immense car dépouillée de toute trace de vie, le grand lit était fait au carré. Les piles de vêtements rangés sur les étagères du dressing semi-ouvert étaient toutes rigoureusement d'équerre.

L'obsession de sa femme pour la symétrie s'était manifestée très vite, lors de leur premier dîner. Elle avait rectifié la position des couverts de part et d'autre des deux assiettes, ainsi que celle de la panière à pain. Il s'était dit qu'il était tombé sur une psychorigide et qu'il allait devoir faire un peu gaffe. Il n'avait pas fait gaffe. Ou plutôt il n'avait pas voulu faire gaffe, tant il avait été certain que cette femme entrerait dans sa vie pour ne jamais en sortir.

Un frisson le parcourut. Les deux fenêtres de la pièce étaient fermées, mais il faisait froid. Glacial, même. Comme dans sa chair.

Il descendit au rez-de-chaussée, s'alluma une Craven et se mit à l'ordinateur en lançant des recherches tous azimuts : « morts inexpliquées » ; « morts suspectes » ; « tête retournée » ; « myocarde éclaté », et autres associations linguistiques susceptibles d'agrandir le champ des possibles. Les résultats étaient trop nombreux pour être tous consultés. Il décida donc de limiter les occurrences et tomba sur une liste de morts dites *insolites*. Ça allait de Dracon, l'auteur éponyme des *Législations draconiennes* qui, en 600 avant Jésus-Christ, mourut étouffé par des vêtements jetés par la foule, à Eschyle, qui se prit sur la tête une tortue lâchée par un rapace, en passant par Peng Fan, un cuisinier chinois mort en 2014 après avoir été mordu par un cobra qu'il venait de décapiter pour la préparation d'une soupe, et le célèbre Lully, qui fut pris de gangrène après s'être transpercé le pied avec le bâton lui servant à battre la mesure. Gabriel décida de tout parcourir pour être certain de ne rien rater. Et il y en avait pour tous les goûts. Le meurtrier mexicain qui fait une embolie alors qu'on vient de lui annoncer sa grâce, le jockey victime d'une crise cardiaque en pleine course hippique et dont le cheval finit premier, le distrait qui meurt d'une perforation des intestins pour avoir attendu une semaine avant d'avouer qu'il avait un vibromasseur dans l'anus, le mec bourré qui allume une fusée d'artifice sur son crâne… mais aussi la célèbre danseuse Isadora Duncan, étranglée par son long foulard de soie qui s'était pris dans les rayons d'une roue de l'Amilcar qui l'emmenait en promenade. Mais aucune de ces bizarreries, dont certaines frôlaient le loufoque, ne s'approchait de ses bizarreries à lui. La seule qui pouvait à la rigueur présenter une similitude concernait le célèbre Raspoutine, empoisonné au cyanure puis abattu de trois balles dont une à la tête avant d'être jeté dans les eaux glacées de la Neva. Plus tard, son autopsie montra que ses poumons étaient remplis d'eau, signe qu'il était encore vivant lorsqu'on l'avait balancé à la flotte. Mais là encore, de l'eau, pas des litres d'eau. Et cette version était, de plus, régulièrement contestée.

Au terme de plus d'une heure de *surf* infructueux, il frotta ses yeux fatigués et se laissa aller à la renverse dans le fauteuil. Son œil accrocha la pochette plastique posée sur la table. À l'intérieur, les effets personnels de sa femme qu'on lui avait remis à la morgue de l'hôpital Pompidou où elle et son fils avaient été transportés après l'accident : trousseau de clés, lunettes, portefeuille, portable brisé… Il avait décidé de tout laisser dedans, afin que les objets conservent son empreinte, sa trace.

Il prit la pochette entre ses mains et se mit à triturer machinalement le portable à travers le film plastique.

Il est face à Marquand. Zombie. Elle lui livre l'info du bout des lèvres, en redoutant sa réaction.

— Il y a quelque chose qu'il faut que tu saches. Au moment de l'accident, elle était au téléphone… avec toi.

Il reposa la pochette sur la table, éteignit l'ordinateur et enfouit sa tête dans ses mains.

S'il était arrivé dans la rue quelques secondes plus tard.

S'il ne l'avait pas appelée, alors qu'elle était au volant.

Si…

8

Il n'était pas tout à fait 8 heures du matin. Les couloirs du 36 étaient encore calmes, car les premiers convoqués n'arriveraient qu'à 9 heures. Lorsque Gabriel se pointa aux cellules, le garde-détenus du jour était en train de s'envoyer un café en parcourant ses textos.

— Bonjour… Spaak de la Criminelle, je viens récupérer mon GAV. Cellule 3.

L'agent finit le café cul sec, posa son téléphone et alla ouvrir la porte.

— Allez… on se réveille ! lança-t-il à la forme recroquevillée sur le banc de béton ciré.

Comme l'homme ne bougeait pas, Gabriel entra et lui envoya une bourrade.

— Magne-toi, j'ai pas toute la journée ! Et j'espère que la nuit t'a porté conseil.

L'homme détortilla son anatomie en grommelant. Junkie gothique en manteau informe. Un vague air de ressemblance vestimentaire, mais ce n'était pas le Taxi.

— Il est où, mon lascar ?

— Quel lascar ?

— Le mec que j'ai amené cette nuit !

— Ben… je sais pas, répondit le garde détenus en bafouillant, j'ai pris la relève ce matin à 6 heures… Y avait que lui.

Il referma la porte de la cellule et se dirigea vers son bureau pour ouvrir le registre des gardes à vue.

— Comment il s'appelle, votre gars ?

— Charon. DSN…

— Je vois rien, s'étonna-t-il en plongeant le nez sur la page de la veille.

Gabriel se pencha aussi. Il n'existait effectivement aucune mention concernant un quelconque Charon. Il feuilleta le cahier, en vain, et impossible de savoir si la page avait été arrachée proprement car elles n'étaient pas numérotées.

— Où est sa fiche IJ ? questionna-t-il.

— Quelle fiche ?

Gabriel se rua dans le local de l'identité judiciaire et attrapa l'appareil photo, mais la fiche et la carte SSD avaient disparu.

— Qu'est-ce que c'est que ce bordel ?! Où est la carte ?!

— Je sais pas… Vous voulez que je demande à la collègue de la nuit ?

— Appelez-la ! ordonna-t-il.

Le flic composa un numéro. Au bout de cinq sonneries, Gabriel entendit une voix de femme en sourdine.

— Allô ?

— Bonjour, pardon de te réveiller, c'est Perez au 36, c'est moi qui t'ai relevée ce matin, aux cages de la Crim'. Dis… Y a un collègue qui…

Gabriel lui prit le téléphone des mains.

— Oui, bonjour, commandant Spaak de la Criminelle. On s'est vus cette nuit. Je vous ai amené un client.

Un temps, long. Gabriel monta le ton.

— Oh ! Vous êtes là ?!

— Oui, mais… Je comprends pas… J'ai eu aucune GAV cette nuit.

— Vous vous foutez de moi ou quoi ?

— Aux cages du troisième ? Vous êtes sûr ?

— Vous habitez où ?! demanda Gabriel.

— Sur le 20, pourquoi ?

— Je veux vous voir tout de suite !

Il rendit le téléphone au garde-détenus et s'éloigna dans le couloir, furax.

— Vous me l'amenez dès qu'elle est là !

Il était en train de relire tous les PV de la procédure Saint-Preux – constatations, rapport médico-légal, auditions… – à la recherche d'un quelque chose qu'ils auraient pu rater. Une contradiction, un truc pas logique, un petit rien qui, parfois, pouvait changer la donne. Ses yeux photographiaient et une partie de son cerveau enregistrait. Une partie seulement, car l'autre ressassait l'épisode du Taxi. « Tu devrais y aller, Gabriel. Tu vas avoir du boulot », lui avait-il balancé après l'avoir déposé devant le 36. Ce mec savait ce qui attendait Chris Moon.

Dans son dos, les carreaux de la fenêtre donnant sur la place Dauphine étaient giflés par la pluie, qui ne cessait pas. À croire que les joints d'étanchéité célestes avaient tous pété en même temps.

On frappa. Baldec entra, un feuillet en main, et vint le poser devant Gabriel en poussant le dossier Saint-Preux sur le côté.

— Nouvelle fadet de Kallista. À part Moon et Saint-Preux, il y a un troisième numéro qui apparaît régulièrement sur les six derniers mois. On est en train de l'identifier.

En parcourant le listing téléphonique, Gabriel remarqua plusieurs numéros abrégés : 3… 7… 10… 2… 11…

— C'est quoi, ça ? s'étonna-t-il.

— Je sais pas. Peut-être des fausses manips ?

— Avec des secondes décomptées ? dit-il en posant l'index sur les lignes concernées.

Baldec prit son téléphone et fit l'essai en mode haut-parleur. Pour les numéros 2, 3 et 7, la réponse s'inscrivit sous la forme d'un message : « Erreur d'exécution de la requête. Erreur inconnue. » Quand il composa le 10 et le 11, un message vocal indiqua que le numéro n'était pas attribué.

— Bon… Je vais creuser.

Quelqu'un toqua à la porte. Gabriel leva le menton.

— Oui ?

Le garde-détenus entra.

— Pardon… La collègue de la nuit est là.

Gabriel contourna le bureau.

— Oui. Faites-la entrer.

La flic habillée en civil se présenta. Presque aussi large que haute. La quarantaine bien tassée. Absolument rien à voir avec celle de la nuit.

— Qu'est-ce que c'est que ces conneries ?!

Le garde ne comprenait pas.

— Pardon ?

— C'était pas elle, cette nuit !

— Comment ça, c'était pas moi ?! s'insurgea la fonctionnaire.

— Mais si… C'était elle ! renchérit son collègue.

— Bien sûr que c'était moi ! confirma-t-elle, vexée.

Grand moment de solitude. Gabriel sentit le poids du regard de son pote. Il agrippa son manteau et gicla du bureau. Baldec, un peu paumé, se tourna vers le garde :

— C'est quoi, le problème ?

— Ben… votre collègue… il affirme qu'il a amené quelqu'un en GAV cette nuit. Elle était de service aux cages… dit-il en désignant sa collègue. Elle a vu personne.

La flic confirma d'un haussement d'épaules désolé.

***

Afin de mettre un peu d'huile dans les rouages du futur déménagement des brigades centrales, le budget de répartition des moyens de la police nationale avait gâté la PJ, et le matériel mis à disposition des enquêteurs parisiens de l'identité judiciaire n'avait maintenant plus rien à envier à celui de leurs voisins européens, qui pendant longtemps avaient eu une longueur technologique d'avance. Gérard Fiback, le responsable du département, était face à la dalle OLED et pianotait sur son clavier ergonomique. Gabriel était penché sur son épaule.

— Charon, un *r* ou deux ?

— Je sais pas… Un… répondit Gabriel mollement.

— Le prénom ?

— J'ai pas.

— Comment ça t'as pas ?

— J'ai pas. Et au passage, je suis sûr que le blaze est un toc.

— Bon… Charon, c'est du gaulois ça. On devrait avoir des occurrences. C'est marrant d'ailleurs, j'y ai becqueté hier soir… rétorqua le flic, tout en remarquant la tronche dubitative de Gabriel. Rue Pierre-Charron… Sur les Champs ! Âge ?

— Entre quarante et soixante.

Fiback lança la recherche. Une dizaine de résultats s'affichèrent à l'écran, mais aucun ne correspondait, de près ou de loin, au chauffeur de taxi. Gabriel était perplexe.

— Essaie avec deux *r*.

Il rectifia. Plusieurs fiches apparurent. Aucune ne matchait. Gabriel soupira, contrarié.

— Tu veux que j'essaie avec Clément Marot ou Franklin Roosevelt ? ironisa le flic.

Gabriel lui rendit son sourire, puis le remercia et sortit.

***

La suite offrait une vue sur le patio verdoyant et dévoilait tout le raffinement du Paris de la Belle Époque. Murs tendus de soie, tentures de damas, de taffetas, de velours, parquet en point de Hongrie. Dehors, il tombait toujours des cordes, mais à l'intérieur l'atmosphère était lumineuse et chaleureuse. Les poignets liés aux montants de la tête de lit baroque, un homme se faisait chevaucher par une femme à la longue chevelure rousse. Les corps tanguèrent en cadence pendant quelque temps, puis la femme pencha la tête et ordonna « vas-y » à l'homme, qui semblait n'attendre que ça. Il s'activa, presque bestialement, et se libéra dans un râle. La femme laissa retomber son torse contre le sien. Leurs souffles comblés s'accordèrent, puis la femme se décolla, le détacha et se dirigea vers la salle de bains.

— On se voit avant que je parte pour Rome ? demanda l'homme en allant s'admirer dans le grand miroir vénitien du salon.

Fabien Candella, actuel détenteur du record du monde du 100 mètres papillon, défendrait son titre aux championnats du monde de natation, quelques jours plus tard. D'après les commentateurs spécialisés, unanimes quant à son talent, c'était comme si c'était fait. Ses adversaires étaient pour l'instant tous bien en dessous des performances qu'il enchaînait avec la régularité d'un métronome.

La voix de la femme rebondit sur le marbre.

— Je ne sais pas, oui… On verra…

L'homme la rejoignit, nu, entoura sa taille de ses deux bras et enfouit son nez dans ses cheveux.

— Ce roux… Je n'ai jamais vu un roux pareil.

— Tu es encore jeune…

— Non, je te jure, ça me fait un effet dingue… Je sais pas à quoi c'est dû.

— Au fait que je suis une sorcière lubrique, fit-elle en lui adressant un sourire gourmand. Savais-tu qu'au XIIIe siècle, Saint Louis ordonnait aux filles de joie de se teindre les cheveux en roux pour les distinguer des femmes respectables ? Et qu'à la Renaissance, les peintres associaient à la chevelure rousse une symbolique profane, évoquant le diable, le vice et le péché ?

— C'est ça ! Voilà ! C'est exactement ça ! T'es une sorcière et tu m'as ensorcelé. Si ça continue, je ne pourrai plus me passer de toi. Et ça, c'est pas bien pour l'entraînement, il paraît. Enfin, d'après ce qu'on dit. Il faut pas trop baiser si on veut rester compétitif. T'en penses quoi, toi ? dit-il en plaquant doucement son entrejambe contre ses fesses.

— Je pense que ce sont des conneries… Quand *tu baises*, comme tu dis, tu as dans l'ordre lulibérine, endorphine et ocytocine. Que du bon.

Elle s'échappa en douceur de son étreinte et s'éloigna vers le bar pour se servir un grand verre de jus de pomme, dont elle se délecta ostensiblement en le fixant de son regard de braise.

Le couple franchit séparément les portes vermeilles de l'ancien hôtel particulier de Pierre Cardin devenu le palace le plus confidentiel de la capitale, et emprunta des chemins opposés. Tandis que l'homme prit à droite, vers le coupé Mercedes CLE qu'un voiturier venait d'approcher, la femme tourna à gauche et continua sur l'avenue Gabriel, en direction de l'avenue de Marigny. Pour un œil amateur, rien n'aurait pu faire penser que cette femme élégante, vêtue d'un long trench et d'une casquette gavroche qui retenait sa chevelure, et le type à l'allure sportive qui s'installait au volant de sa Mercedes venaient de partager un moment de pure extase.

Pour un œil amateur. Pas pour celui de l'homme qui planquait sur la sortie de l'hôtel, au volant de son coupé Bentley Continental GT, et qui démarrait maintenant à distance derrière la Mercedes.

***

Gabriel était retourné sous le pont Alexandre-III pour refaire le chemin qui menait à l'antre du Taxi. Avant cela, il avait dû se justifier en montrant sa carte professionnelle à un type de la voirie. En raison des pluies diluviennes qui ne cessaient pas, la Seine avait en partie envahi les quais, qui étaient tous fermés à la circulation. Tous sauf, heureusement, celui qui l'intéressait.

Une fois en bas, il ouvrit la grille, emprunta l'ascenseur, l'escalier, le couloir… mais derrière la porte coulissante du sous-sol, il n'y avait plus qu'une immense pièce vide dans laquelle était stocké du matériel de maçonnerie. Établi pliant dans un coin, au pied duquel étaient posés des outils de façadier, des pinces, des burins, des taloches et autres serre-joints. Quiconque n'avait pas vu l'endroit habité et meublé en aurait conclu qu'on était en train de refaire l'étanchéité.

Pendant qu'il était en route, un mec des Boers, les flics qui gèrent les taxis parisiens, lui avait confirmé qu'il n'existait aucun Pierre Charon, avec un ou deux *r* et avec tous les prénoms de la terre, titulaire d'une licence en France et propriétaire d'un Checker américain. On lui avait aussi précisé qu'il était impossible que ce type de véhicule puisse être homologué sur le territoire national.

Alors que Gabriel rejoignait sa voiture en fulminant, une voix résonna au-dessus de lui.

— Il n'a pas voulu de toi ?

Le visage crasseux d'un SDF venait d'émerger du squelette métallique du pont.

— Pardon ? répondit Gabriel en s'approchant du type. De qui est-ce que vous parlez ?

Le hamac tendu entre deux poutrelles, les cartons amoncelés et les rideaux de douche en guise de séparation témoignaient de la présence régulière du pauvre hère sur les lieux. Comme il ne répondait pas, Gabriel sortit sa carte tricolore.

— Vous parlez de qui ?!

La vue de l'insigne produisit le contraire de l'effet escompté. Tel un varappeur chevronné, le SDF agrippa la poutre au-dessus de lui et disparut dans la forêt de métal. Gabriel se lança à sa poursuite, mais il glissa et chuta. Dans un réflexe, il s'accrocha à un angle et s'y cramponna désespérément. Son corps pendait dix mètres au-dessus des flots. Il jeta le deuxième bras au secours du premier. Rata son coup. Il n'aurait pas dû arrêter les tractions. Il fit une seconde tentative. Pareil. Il se promit que, s'il ne s'étalait pas comme une merde, il reprendrait le sport. Un corbeau vint se poser à deux mètres de lui et émit un croassement en le narguant du coin de l'œil. Un putain de piaf qui se foutait de sa gueule. Manquait plus que ça ! Troisième tentative. Réussie. Il souffla un peu et parvint enfin à remonter. Une fois revenu sur le plancher des vaches, son portable vibra pour lui rappeler son second rendez-vous chez la psy.

***

Il attendait depuis quelques minutes lorsque la porte du cabinet s'ouvrit.

— Bonjour, monsieur Spaak.

Ève Palomba était aussi stricte et sexy que la première fois. Il se leva et la suivit dans le bureau.

— C'est bien que vous soyez venu, dit-elle en se posant délicatement dans le fauteuil Charles Eames.

— Autant régler ça le plus vite possible, lâcha-t-il en s'asseyant aussi.

— Vous savez, attaqua-t-elle, même si vous n'avez aucun problème de comportement, j'ai cru comprendre que vous n'aviez pas le choix. Donc si vous voulez vous sortir de cette histoire embarrassante, il faut accepter de jouer le jeu.

— C'est ça, jouons… Mes cadavres attendront qu'on ait fini de jouer, ironisa-t-il.

La discrète mimique que Palomba laissa échapper indiquait qu'elle semblait apprécier la répartie.

— Puisque vous en parlez. Avant de commencer, il y a quelque chose que j'aimerais savoir…

Elle marqua un temps, long.

— Pour quelle raison êtes-vous devenu policier ?

— Vous êtes sûre qu'il est vraiment indispensable de remonter aussi loin ?

Les yeux de la psychiatre confirmèrent, et l'invitaient à se confier.

— J'avais envie de me frotter au gratin de notre société. Les tueurs, les braqueurs, les violeurs…

Elle sourit franchement cette fois-ci. *Un très joli sourire,* pensa-t-il.

— Chevalier des temps modernes, luttant sans relâche contre le mal, enchaîna-t-elle.

— Chevalier de la merde, plutôt.

— Un peu réducteur, comme comparaison.

— Vous croyez ?

Il se tut un instant avant de reprendre.

— Tous les matins, les camions poubelles passent ramasser les ordures en sachant très bien qu'ils trouveront la même chose au même endroit le lendemain. Mais s'ils décident de ne pas passer plusieurs jours d'affilée, il faut envoyer l'armée pour tout nettoyer. La police est le camion poubelle de la planète. Une fois qu'on a compris ça, on a tout compris. On ne peut rien éradiquer. On contrôle, c'est tout.

— Et plutôt bien, en ce qui vous concerne, précisa-t-elle en feuilletant un dossier. J'ai vu vos états de service. Vous êtes l'as de la brigade criminelle.

Il laissa échapper un soupir blasé.

— Dans la police, les as n'existent pas. Aucun flic ne bosse seul, vous savez, contrairement à ce qu'on voit dans les mauvais films. Derrière moi il y a en permanence au moins une dizaine de fonctionnaires.

Il l'observa. Que pouvait-il se passer sous le crâne de quelqu'un dont le métier consistait à comprendre ce qui se passait dans le crâne des autres ? Il en fut pour ses frais. Elle demeurait impassible.

— Et vous ? La psychiatrie… ça vous a pris comment ?

— En principe, c'est le thérapeute qui pose les questions, dit-elle en posant les coudes sur son bureau et le menton sur ses mains croisées.

— Pardon. Déformation professionnelle…

Il en profita pour redonner un coup d'œil autour de lui.

— Vous aimez les miroirs ? Lacanienne ?

— Je vois que j'ai affaire à un spécialiste, lâcha-t-elle, amusée, ça promet des échanges intéressants.

Il y était allé au flan ; en fait, de Lacan, il ne connaissait que le fameux « stade du miroir », lorsque l'enfant, y apercevant son image, prend conscience de son corps et le distingue des autres. Elle lui souriait.

— En réalité, je ne suis attachée à aucun courant en particulier. J'exerce selon ma propre synthèse, que j'ai construite de manière empirique, tout au long de mon expérience, ici et à l'étranger. Quant à Lacan, vous devez savoir qu'il a tiré une bonne partie de sa philosophie de celle de Spinoza, qui lui-même la tenait de Descartes. Et qu'aurait été Descartes sans Socrate ?

Le niveau était un poil trop haut pour lui. Il se contenta d'opiner.

— Mais tout à fait…

Pas dupe, elle enchaîna.

— Savez-vous que c'est la Saint-Michel, aujourd'hui ?

Moue négative de Gabriel.

— C'est aussi ce jour-là que se fête la Saint-Gabriel. Vous connaissez sans doute l'étymologie de votre prénom ?

Il allait répondre par l'affirmative, mais elle fut plus rapide que lui.

— Ça vient de l'hébreu. *Gabar* signifie « force »… et *el* signifie « Dieu ».

— J'en apprends des choses avec vous, fit-il, faussement impressionné.

Palomba continua de feuilleter le dossier et s'attarda sur un rapport psychologique, établi à sa reprise de service, une semaine à peine après le drame.

— Parlez-moi de l'accident, dit-elle sans lever les yeux.

Comme elle le sentit se fermer, elle reprit avec sa voix la plus douce :

— La confiance doit être la règle entre nous.

Gabriel hésita quelques instants, mais il lui était impossible de résister à cette voix-là. Il se lança.

— C'était il y a six mois… Ils avaient rendez-vous chez le dentiste. Je suis allé courir, je devais être de retour pour les accompagner. Mais le rendez-vous a été avancé. Ils sont partis sans moi. Un type a grillé un feu. Ma femme ne l'a pas vu parce qu'elle répondait à un appel… Le mien. Elle l'a percuté et elle est allée s'encastrer dans un camion qui venait en face. Mon fils est mort sur le coup. Elle, deux jours plus tard, à l'hôpital.

— Et vous vous dites que, si vous aviez été au volant, vous auriez évité l'accident.

— Peut-être. Peut-être pas. Mais j'aurais été avec eux.

— Êtes-vous croyant ? demanda-t-elle.

Il lui sembla qu'elle passait du coq à l'âne car il ne voyait pas ce qu'une quelconque religion venait faire là-dedans. Stratégie de psy sans doute.

— Je crois à la chance et à la malchance.

— Et donc que le monde tourne autour de hasards et de coïncidences…

Le portable de Gabriel vibra. Baldec.

— Excusez-moi... Oui, Erwann ?

Les colombes s'agitèrent dans la cage. Leurs ébats étaient démultipliés par les miroirs accrochés aux murs.

— On a identifié le troisième numéro de téléphone, dit Baldec. Il s'appelle Fabien Candella. C'est un nageur de l'équipe de France. Il s'entraîne tous les soirs à l'INSEP, à Vincennes. T'es où ?

— On se retrouve là-bas !

Il se leva et s'excusa.

— Je suis vraiment désolé, mais... il faut que j'y aille.

Gabriel sortit précipitamment du cabinet, sous le regard contrarié de la psy. Une fois la porte refermée, les colombes se calmèrent. Palomba attrapa le combiné de son téléphone et composa un numéro. Au bout de cinq sonneries, la messagerie se déclencha et une voix robotique l'invita à laisser un message. Elle raccrocha et resta un long moment immobile, comme perdue dans ses pensées.

***

S'étalant sur vingt-huit hectares en plein cœur du bois de Vincennes, l'Institut national du sport, de l'expertise et de la performance, qui existait depuis 1975, avait à lui seul formé plus de la moitié des médaillés olympiques de ces quinze dernières années, et sa réputation n'était plus à faire.

Fabien Candella, bien parti pour rejoindre ses illustres prédécesseurs au panthéon sportif national, venait d'enchaîner les longueurs à la ligne 4 du bassin Émile Schoebel. Au moment où il sortait la tête de l'eau pour jeter un œil au chronomètre mural, son portable, posé sur son survêtement, se mit à sonner. Il tendit la main.

— Allô ? Allô ?!

Personne au bout du fil. Il reposa le téléphone et remonta les lunettes de nage sur son front. Il aperçut alors une paire de jambes qui s'avançait vers lui. Il s'étonna : à cette heure tardive, personne ne fréquentait les bassins, et l'endroit était tout ce qu'il y avait de plus tranquille. C'est d'ailleurs précisément ce qui lui plaisait.

— Vous cherchez quelqu'un ?

— Oui... toi.

Il leva les yeux vers la silhouette, mais l'un des néons du plafond lui tapait la rétine. Il pencha la tête sur le côté. Le type était vêtu d'un long manteau, qui lui arrivait à mi-mollet, et la capuche du sweat qu'il portait en dessous recouvrait en partie son visage. L'accoutrement fit sourire le nageur.

Pas longtemps.

— Je viens t'annoncer une triste nouvelle. Mais ne t'inquiète pas, je vais t'aider à noyer ton chagrin.

***

La voiture de Gabriel arriva au gyro deux-tons et s'engouffra dans le complexe par l'entrée de l'avenue du Tremblay. Lorsqu'il le vit, Baldec sortit de la guérite du gardien de nuit dans laquelle il s'était mis à l'abri et sauta en passager.

— Il vient d'être appelé par le portable de Kallista ! Une équipe BAC est en route !

Gabriel démarra en trombe et fonça vers le bâtiment qui abritait les bassins olympiques.

— Bon, tu me racontes ?

— Que je te raconte quoi ?

— C'est quoi cette histoire de GAV qui se fait la malle ?

Gabriel botta en touche.

— Laisse tomber.

— Que je laisse tomber ?! Gab, merde ! Tout le monde se pose des questions, à la brigade !

— Ça leur passera.

— Ouais ! Sauf que pour l'instant, ça me retombe sur la gueule.

— Pourquoi ?

— Parce que je suis ton pote, bordel de merde !

Gabriel ne répliqua pas. Il se gara près du complexe Christine Caron, non loin d'un coupé Mercedes CLE noir. Ils sortirent en cavalant et empruntèrent un couloir en espérant qu'il mène aux bassins. L'odeur du chlore, qui peu à peu commençait à se faire sentir, leur prouvait qu'ils ne s'étaient pas plantés.

Quand ils arrivèrent sous l'immense dôme, l'issue de secours située à l'extrémité des gradins se referma dans un claquement sec. Gabriel remarqua une forme au fond de l'eau. Il se précipita près du bord et fit signe à Baldec.

— Erwann !

Baldec s'approcha et regarda dans la direction indiquée par Gabriel. Candella, bras en croix et yeux grands ouverts, était immobile au fond du bassin. Ni une ni deux, Baldec vira le blouson, les godasses et le holster et plongea tête la première pendant que Gabriel courait vers les gradins et la porte métallique qui venait de se refermer.

Il se jeta sur le battant et aperçut une silhouette au bout du couloir. Il accéléra, passa l'angle des vestiaires ; la silhouette avait une cinquantaine de mètres d'avance. Le couloir des douches... Une issue de secours... Il se rua sur la barre et atterrit dans une ruelle.

La silhouette n'était plus qu'à une quinzaine de mètres de lui. Manteau long et capuche recouvrant la tête. Malgré un boitement assez prononcé, elle avançait vite, très vite même, en s'aidant de ce qui semblait être un long bâton de marche. Gabriel pensa à de l'os ou de l'ivoire. Il sortit son automatique et balança deux pruneaux vers le ciel.

— Arrête-toi ! Police ! hurla-t-il.

La silhouette s'était immobilisée. Il avança vers elle, arme au poing. Dix... Neuf... Huit... Quand il fut à moins de cinq mètres, un éclair déchira le ciel. L'eau qui ruisselait devant ses yeux l'obligea à s'essuyer le front. Quand il retira son avant-bras, la silhouette avait disparu. Il sentit alors une présence dans son dos et se retourna. Le bâton s'abattit violemment sur son poignet. Il lâcha le SIG en réprimant un cri, mais répliqua d'un coup de poing au visage et d'un retour de coude au foie. Le type semblait insensible à la douleur et lui envoya une volée de coups de bâton. Gabriel s'écroula. Séché.

La silhouette ramassa l'arme, s'avança vers lui et lui colla le canon de l'automatique sur le front.

Il chercha à lutter, mais ses membres paraissaient soudain engourdis, comme paralysés. Il se résigna et se dit qu'après tout ce flingue se trouvait au même endroit peu de temps auparavant, que ce serait juste quelqu'un d'autre qui appuierait sur la détente.

Il ferma les yeux.

Un jardin à la campagne. Baignés de lumière, Marie et Tom jouent avec le jeune parson russel. Marie se retourne vers lui.

Le bruit des deux-tons qui approchaient le sortit de son état groggy. Il sentit le canon qui se décollait de son front, entendit le bruit d'une culasse qu'on manœuvrait et des pas qui s'éloignaient rapidement. Quand il ouvrit les yeux, le type avait disparu et le SIG gisait au sol un peu plus loin, culasse et carcasse à part. Il le récupéra au moment où deux voitures de la BAC pilaient près de lui.

— Un mec en manteau et capuche. Il est parti par là ! gueula-t-il aux flics en civil qui mettaient pied à terre.

Le chef de bord du premier équipage remarqua son air mal en point.

— Ça va aller, vous êtes sûr ?

— Ouais… Magnez-vous !

Les flics sautèrent dans leurs voitures et démarrèrent à fond de train.

Sac de réanimation à leurs pieds, trois pompiers s'activaient autour du corps de Candella. Baldec, torse nu et serviette sur les épaules, discutait avec deux cadres de garde de l'institut, un homme et une femme d'une cinquantaine d'années, sous le choc. L'homme avait du mal à articuler, la gorge nouée par l'émotion.

— Les championnats du monde sont dans deux semaines… En ce moment, il s'entraîne tous les soirs… Le bassin est tranquille.

Le corps du nageur tressauta sous la décharge du défibrillateur. Baldec aperçut Gabriel qui revenait, passablement amoché et trempé. Il s'excusa auprès du couple et vint à sa rencontre.

— Qu'est-ce qui s'est passé ?

— Il m'est tombé dessus.

— T'as vu à quoi il ressemblait ?

— J'ai pas eu le temps.

Baldec semblait dubitatif.

— Qu'est-ce qu'il y a ? grimaça Gabriel.

— Rien… c'est juste que je t'ai connu plus sportif.

Troisième décharge sur Candella, sans résultat. Les pompiers continuèrent le massage cardiaque et le bouche-à-bouche pendant que le défibrillateur se rechargeait. Quatrième décharge. Même chose.

D'un signe négatif de la tête, le médecin pompier leur indiqua qu'il n'y avait plus rien à faire. La femme porta ses mains à son visage et éclata en sanglots. Son collègue, anéanti, dut s'asseoir.

Une voix résonna dans la radio de Baldec.

— Équipage TN23 au rapport. On a fait le tour du site. Votre type est introuvable.

Baldec monta le Motorola et appuya sur la pédale d'émission.

— Bien reçu TN23. Merci.

Puis il inclina le menton vers le corps immobile et sans vie.

— En tout cas, cette fois, Jacoby ne pourra pas nous faire le coup de la mort inexpliquée.

***

Boiseries de chêne, plafond de stuc, lustres hollandais et, dans les cartouches, au-dessus de chaque fenêtre, les noms des jurisconsultes d'hier et d'aujourd'hui. Le décor de la bibliothèque de la Cour de cassation avait été conçu pour imposer l'idée de sa suprématie dans l'ordre judiciaire.

Charon était assis à la grande table de lecture et feuilletait un vieux grimoire. Assis à l'autre extrémité, le Chauve attendait, impassible, le rottweiler couché à ses pieds.

En tournant les pages, Charon tomba sur la représentation d'une fresque de Nicolò dell'Abbate montrant Cerbère, le chien gardien des Enfers, rossé par Héraclès lors de son douzième et dernier travail. Il présenta l'illustration au molosse, qui se mit à grogner en sortant les crocs. Le Chauve lui jeta un regard réprobateur.

— Pardon, dit Charon en refermant le livre. Ils en ont encore pour longtemps ?

Le Chauve jeta un œil à l'horloge, qui indiquait minuit moins une.

— De midi plein à minuit plein, fit-il en vérifiant sa montre.

Quelques secondes plus tard, le rottweiler se dressa. La porte s'ouvrit sur le Brun et le Blond en tenue de travail. Les deux hommes pendirent leurs robes au porte-manteau qui trônait dans un coin, près de l'entrée.

— Tu as pris de gros risques en te laissant emmener au Quai des Orfèvres, déclara le Brun en s'asseyant.

— Je n'ai pas vraiment eu le choix, rétorqua Charon.

Le Blond haussa la voix :

— On a toujours le choix !

— Dans la date… fit Charon entre ses dents.

Le Chauve lui lança un regard noir pour lui rappeler qu'il s'adressait à deux agélastes. Le Taxi soupira et reprit sur un ton plus révérencieux :

— Il fallait le brusquer un peu, pour qu'il comprenne. Mais ne vous inquiétez pas, je contrôle la situation.

— Quand saura-t-on si on a eu raison de te faire confiance ? reprit le Blond.

— Si j'ai vu juste, dans peu de temps.

Les trois juges se concertèrent à voix basse, puis le Brun reprit la parole.

— Ta théorie est tout simplement impossible. Pour les raisons que tu connais.

— « Entreprenez l'impossible, l'impossible fera le reste », répliqua Charon en esquissant un sourire.

— On te laisse deux jours, fit le Brun.

Charon se leva et déplia lentement trois doigts vers eux.

— Tu sais que, si ça se passe mal, il s'occupera personnellement de toi, reprit le Brun en croisant les mains sur la table.

— Je sais, répondit le Taxi.

Le Brun l'interpella alors qu'il posait les doigts sur la poignée de la porte.

— Pourquoi fais-tu cela pour eux ?

Charon se retourna.

— Parce que je les aime bien. Et puis… que serait un berger sans son troupeau ?

9

Le soleil venait tout juste de se lever, mais il aurait fallu être météorologue pour le savoir. À travers le pare-brise de l'Audi, Gabriel ne distinguait qu'une très vague lueur blafarde derrière les nuages qui continuaient de cracher leur eau par dizaines de milliers d'hectolitres. À la radio, les flashs infos successifs consacrés à la situation pré-apocalyptique indiquaient que la Seine avait atteint un niveau tel que toute navigation était suspendue. Il l'avait d'ailleurs constaté en arrivant porte de Saint-Cloud, lorsqu'il avait été contraint de longer les voies sur les berges, elles aussi maintenant totalement inondées.

En passant près du pont de l'Alma, il se prit de compassion pour le *Zouave*. Malgré l'eau qui lui montait jusqu'aux épaules – une première depuis la célèbre crue de 1910 –, il semblait serein. C'était bien le seul.

Une demi-heure plus tard, Gabriel se garait sur le parking de l'institut médico-légal. Il se pressa vers l'entrée pour limiter les effets des bourrasques de pluie glaciale qui lui giflaient le visage.

— D'abord, la victime boit la tasse. S'ensuit une toux violente, qui est en fait un réflexe pour évacuer l'eau… Vient ensuite un spasme laryngé accompagné d'une apnée réflexe. L'excès de CO_2 déclenche une stimulation des centres respiratoires, la victime déglutit l'eau et tente de respirer, ce qui entraîne une inondation massive des voies aériennes.

Gabriel et Jacoby avançaient dans le couloir principal, sous les yeux statiques des bustes des anciens directeurs de l'institut.

— Tout ça conduit à une asphyxie aiguë et à l'arrêt cardiaque.

— Inutile de développer, professeur, je sais ce qui s'est passé, j'étais là.

Ils entrèrent dans une salle d'autopsie et s'approchèrent de l'armoire réfrigérée dans laquelle les organes étaient conservés avant d'être envoyés en anatomopathologie.

— Parfait, alors vous allez peut-être pouvoir m'éclairer.

Le légiste sortit deux cuvettes d'aluminium d'un compartiment. Chacune des deux contenait un morceau de barbaque spongieuse. Mètre étalon déployé de chaque côté, le toubib montrait celle de gauche.

— Voici les poumons de notre nageur.

Puis il approcha celle de droite.

— Et ceux d'un noyé retrouvé au pont de Bir-Hakeim, hier matin.

Même à l'œil nu, la différence était flagrante. Les poumons du premier faisaient pratiquement le double de ceux du second.

— Y a une sacrée différence de taille, concéda Gabriel.

— Je ne vous le fais pas dire. Chez l'homme, le poids moyen des poumons est de neuf cents grammes environ. Ceux d'un noyé pèsent le double. Mettons deux kilos pour être large, expliqua Jacoby en désignant la cuvette de droite. C'est le cas de ceux-ci.

Il s'attarda ensuite sur les poumons de Candella.

— Les siens pèsent près de quatre kilos.

Gabriel avait pigé. Salement pigé. Il posa la question en connaissant déjà la réponse.

— Ne me dites pas qu'on a encore droit à un phénomène inconnu ?

Le légiste remit les deux cuvettes dans le frigo et se retourna vers lui, tout en nettoyant avec délicatesse les carreaux de ses lunettes à l'aide d'un pan de sa blouse.

— Je ne vous le dis pas fort, commandant... mais je vous le dis. Pour remplir des poumons à ce point, il aurait fallu envoyer de l'eau sous pression à l'aide de je ne sais quel dispositif introduit dans la trachée. Et dans ce cas, poursuivit-il en remettant ses lunettes sur son nez, j'aurais trouvé des traces de lésion ou de traumatisme.

— Donc ?

— Donc vous n'avez pas le cul sorti des ronces... Un, je veux bien... Deux, ça commence à faire beaucoup. Mais trois... Ce n'est plus d'un légiste dont vous avez besoin, mais d'un extralucide.

Gabriel sortit de l'IML avec Baldec au téléphone et resta sous l'auvent filant pour se protéger. Son collègue avait passé la matinée à creuser l'environnement du nageur. Sans rien trouver de tangible.

— On est en train d'auditionner tous ceux qui gravitaient dans son entourage professionnel. Pour l'instant, ça donne rien. Apparemment, le mec était sympa, pas bégueule, et apprécié de tous. Comme il était beau mec, il charriait de la gonzesse, mais lui au moins, il se tapait des majeures. On a passé sa vie au crible, on n'a trouvé aucun lien avec Moon ou Saint-Preux. Il nous reste que le téléphone Kallista.

Gabriel déverrouillait la portière de sa voiture quand il perçut une voix derrière lui. Une voix qu'il n'avait que très peu entendue, mais qu'il reconnaîtrait entre mille.

— Alors, Gabriel… Tu continues à la jouer perso, ou on discute ?

Il tourna la tête. Charon se tenait sous l'auvent, à dix mètres de lui, mains dans le dos et Lusitania au bec. Il regardait la pluie tomber. Gabriel congédia Baldec, rangea le portable et se jeta sur lui en le plaquant violemment contre le mur de briques. Dans la manœuvre, le cigare vola et atterrit sur le bitume trempé.

— Comment t'as fait pour t'arracher ?!

D'un geste rapide, Charon enroula son bras droit autour de ceux de Gabriel et faucha ses appuis. Le flic se retrouva le cul par terre et étouffa un râle.

— Secret professionnel, répondit-il. Il fallait que tu comprennes que la manière forte n'est pas la bonne méthode avec moi.

Pendant que Gabriel se relevait et numérotait ses abattis, le Taxi alla ramasser le cigare.

— Meeerde ! C'est le deuxième ! Tu sais combien ça coûte, les Lusitanias en cabinet ?!

Gabriel se préparait pour un second assaut, mais Charon tendit son index vers lui.

— Ça suffit maintenant !

L'ordre avait été donné avec fermeté, mais sans aucune agressivité. Gabriel s'arrêta dans son élan. Il avait compris qu'à moins de sortir le calibre, le mano à mano avait de grandes chances d'être en sa défaveur.

— Pour qui tu bosses ?! hurla-t-il histoire de ne pas se laisser rabaisser trop facilement.

Charon tentait de sécher son cigare, en vain ; les havanes aiment l'humidité, mais pas à ce point. Il le jeta dans l'une des jardinières en bois autoclave qu'un paysagiste inspiré avait placées sur les trottoirs entourant les places de parking.

— Pour personne en particulier. Je fais partie d'un tout. Comme toi.

— Tu commences à me les briser avec tes énigmes à la con !

— Désolé de ne pas être sur le même rythme que toi. Je ne peux pas tout te déballer d'un bloc, il faut y aller progressivement, comme dans les histoires d'amour.

— Oublie, t'es pas du tout mon genre.

Charon laissa échapper un sourire.

— Tu gardes ton sens de l'humour, c'est bien. C'est le signe d'une bonne santé mentale.

— En ce qui me concerne, c'est juste la décontraction du désespoir, fit Gabriel.

Le Taxi le dévisagea quelques secondes, puis il enchaîna.

— Tu en es où sur tes meurtres ?

— Qu'est-ce que ça peut te foutre ?!

— Ensemble, on peut arrêter la série. Mais j'ai besoin de ton accord.

— Mon accord sur quoi ?

Un fourgon des pompes funèbres vint alors se garer à cul devant la sortie du bâtiment. Un transport funéraire allait bientôt avoir lieu. Un groupe de personnes sortirent du bâtiment, avec à leur tête une femme et un ado d'une quinzaine d'années. Gabriel les observa du coin de l'œil. Ils avaient probablement perdu un mari et un père. C'était triste – le gamin était trop jeune – mais c'était plus ou moins *acceptable*. Perdre un enfant ne l'était pas. Ce n'était pas l'ordre naturel des choses. À supposer qu'il y en eût un.

Gabriel surprit un échange de regard entre Charon et le chauffeur du véhicule.

— Oh ! Je te cause ! Mon accord sur quoi ?!

Le Taxi vint se tanquer face à lui en enfonçant les mains dans ses poches.

— Sur le fait qu'on coopère.

Gabriel enrageait. Rien ne sortait de sa bouche.

— Tu n'as plus envie de sauver des vies ? Tu n'as plus envie de faire ton métier ? « Qui sauve une vie sauve l'humanité entière », tu as oublié ?

Gabriel pensa au proverbe hébreu qu'on commençait à réentendre en Occident, souvent dans la bouche de commentateurs qui n'avaient jamais vécu un conflit armé de leur vie. En ce moment, avec lui aux commandes, l'échantillon parisien de l'humanité était effectivement mal barré. S'il pouvait éviter un quatrième cadavre, il se rattraperait peut-être. Un peu.

— Tu l'as.

— Toi et moi, Gabriel… Pas d'autre flic.

Charon avança sa main vers lui.

— Quoi ? Tu veux que je crache ?

— Ta main.

Gabriel regarda la main tendue. En fait, il avait très envie de la lui mettre dans la gueule, sa main. Mais il se retint. Non pas parce qu'il craignait de se prendre une nouvelle volée, mais parce que ce mec surgi de nulle part l'avait fait redevenir flic. Il pourrait toujours lui rentrer dans le lard plus tard.

Il lui tendit la main à son tour. Charon la saisit fermement en le fixant.

— Par le Styx !

— Pardon ?

— Rien… Bien. Maintenant, on est partenaires.

— OK, alors je t'écoute.

Le fourgon traversa le parking et s'engagea sur le quai. Charon tourna les talons et s'éloigna vers son Checker.

— Minuit ce soir à l'Amnesia, lui lança-t-il sans se retourner. Et fais-toi beau, tu ressembles à un clodo !

— Qu'est-ce que t'es venu foutre dans ma vie ? beugla Gabriel.

— Je suis venu... rectifier le tir, lâcha Charon avant de s'installer et de démarrer.

Gabriel l'observa s'éloigner sur le boulevard. Une fois que le vieux Checker eut disparu, comme happé par le flot continu des véhicules, il retourna au volant de sa voiture et leva les yeux vers le rétro. Ce mec avait raison, il avait vraiment une sale tronche. Ses traits étaient tirés, son menton commençait à disparaître sous la barbe poivre et sel qui lui mangeait les joues. Son regard, en revanche, n'avait pas changé. Moteur toujours affûté d'une bagnole à la carrosserie abîmée. Gabriel ne croyait pas au destin, mais il ne croyait pas non plus au hasard et, pour l'instant, l'envie de savoir était devenue plus forte que l'envie de mourir.

L'envie de savoir qui était ce putain de chauffeur de taxi et qui était ce putain de tueur.

Sans être totalement sûr de l'ordre des priorités.

Il mit le contact et sortit du parking.

***

Trois affaires sur les bras en même temps, et fortement médiatisées compte tenu de la personnalité des victimes : les flics de la Crim' ne chômaient pas et marchaient sur des œufs. Les dix fonctionnaires du groupe Spaak ne suffisant plus, Marquand avait mis sur le coup deux autres unités. Vingt flics à la rescousse, chacun s'occupant des actes de procédure qui leur avaient été affectés, tous rendant compte de leurs avancées à Spaak et Baldec, qui supervisaient les trois enquêtes. Concernant Candella, les dernières auditions s'étaient terminées très tard la veille, et avaient repris très tôt le matin même. C'était au tour des amis, de la famille et du staff de l'INSEP d'être entendus, mais aucune piste sérieuse ne se dégageait. Avec un taux d'élucidation de plus de soixante-quinze pour cent, la Crim' parisienne se situait pourtant dans le très haut du panier des sections criminelles mondiales, bien au-dessus par exemple de New Scotland Yard ou du FBI. Être le bec dans l'eau sur trois affaires avait donc de quoi rendre nerveux n'importe quel chef de service.

Talonnée par Baldec, Marquand avançait à pas rapides vers son bureau.

— Ce type après qui il a couru… vous l'avez vu, vous ?

— Oui. Enfin j'ai vu la porte se fermer, concéda-t-il.

— Vous l'avez vu ? Oui ou non ?

— Non, mais…

— Et ce GAV dont personne n'a entendu parler ? fit-elle en le coupant. D'ailleurs… il est où là ? Il fait quoi ?

— Il est avec Jacoby. Ils sont en train d'éplucher toutes les annales de médecine légale, histoire de voir s'il y a déjà eu des cas similaires, affirma Baldec.

En fait, il mentait à moitié ; si les recherches en question étaient bien réelles, elles étaient terminées et n'avaient rien donné. Et il se garda bien d'avouer que lui non plus n'avait aucune nouvelle de son pote.

— Bon, dès que vous l'avez au bout du fil, vous lui dites qu'il m'appelle ! conclut Marquand.

Albane se pointa au moment où sa patronne refermait la porte de son bureau.

— Erwann ! J'ai un truc pour Gab et j'arrive pas à le joindre, tu sais où il est ?

— Non. Et j'aimerais bien le savoir, répondit-il en lui faisant signe de baisser d'un ton. C'est pour quoi ?

La flic hésita une seconde.

— Ben… C'est au sujet de son taxi…

La porte de Marquand se rouvrit brusquement.

— Un taxi ? Quel taxi ?!

10

Qu'est-ce que ça pouvait bien lui foutre qu'il ait pété un plomb alors qu'il avait failli s'en mettre un pour de vrai, modèle 9 millimètres, et qu'il avait la ferme intention d'y retourner ? Qu'est-ce que ça pouvait bien lui foutre alors que de toute façon ses jours étaient comptés ? Et par un comptable particulièrement bien placé : lui-même.

Gabriel se posait la question en poireautant dans la salle d'attente de son médecin de famille. Même si le terme était désormais impropre, le toubib l'avait gentiment glissé entre deux rendez-vous. Gabriel voulait en avoir le cœur net. Il voulait savoir ce qui déconnait chez lui.

Dans le coin opposé de la pièce, une maman n'avait rien trouvé de mieux pour faire patienter son gamin toussoteux que de lui filer son téléphone. Elle venait consulter pour une rhinopharyngite qui pouvait se guérir toute seule, mais ne voyait aucun inconvénient à le laisser se bousiller la rétine.

Finalement, la porte s'ouvrit. Une patiente qui semblait avoir largement battu le record de Jeanne Calment, la supercentenaire française morte à cent vingt-deux ans, sortit en remerciant le toubib et en lui recommandant de prendre *bien soin de lui*. Ce retournement de situation fit sourire le médecin. Il remercia sa patiente et accrocha le regard de Gabriel.

— Monsieur Spaak, c'est à nous.

***

Avant-bras croisés sur son bureau, épaules rentrées, Marquand écoutait Albane lui résumer l'histoire du taxi pendant que les sonneries se succédaient dans le haut-parleur de son fixe. Quelques secondes avant, elle avait composé le numéro de Gabriel.

— Et il ne vous a pas dit à quoi il le raccroche, ce taxi ?

— Non, mais ça doit être en rapport avec l'affaire Moon. Il m'en a parlé dès le lendemain, répondit Albane, sûre d'elle.

Planté à côté, Baldec affichait une mine circonspecte.

— Vous êtes au courant, vous ? questionna Marquand.

— Non, mais on a tous douze mille vérifs en cours, alors on n'est pas forcément au courant de qui fait quoi…

— Mouais… dit Marquand au moment où la messagerie de Gabriel se déclenchait. Gab, tu me rappelles dès que tu as ce message, merci !

Elle raccrocha et tendit la main vers son portable qui venait de se mettre à vibrer.

— Oui ? (…) Oui, c'est moi. (…) Oui… Un instant, s'il vous plaît, demanda-t-elle en décollant son portable de son oreille. Vous me l'envoyez dès qu'il se pointe !

Les deux flics acquiescèrent en silence et sortirent du bureau.

***

— Bien… Vous pouvez vous rhabiller, fit le médecin en lui retirant le brassard du tensiomètre.

Tandis qu'il retournait à son bureau, Gabriel descendit de la table d'auscultation et s'assit face à lui. L'élégant quinquagénaire commença la rédaction de son ordonnance en lui jetant régulièrement quelques coups d'œil qui se voulaient rassurants.

— Je ne vois rien d'anormal. Et en tout cas pas un tableau épileptique qui aurait pu expliquer ce que vous m'avez décrit. Votre tension est bonne, et je n'ai décelé aucun trouble du rythme cardiaque. On peut dire que l'examen clinique est bon.

Le téléphone de Gabriel vibra. Un nouvel appel, de Baldec cette fois. Il fit comme avec Marquand quelques instants plus tôt et le remit en poche sans répondre.

— À mon avis, vos petits problèmes de mémoire n'ont rien de préoccupant. Le surmenage associé au stress lié au deuil, sans doute. En plus, vous mélangez anxiolytiques et alcool.

Gabriel ne disait rien. Le discours du généraliste qui suivait Tom depuis sa naissance était on ne peut plus logique, mais il sentait qu'il tapait à côté. Normal, il n'avait pas toutes les données en main. Il n'osa pas entrer dans les détails en parlant du chauffeur de taxi qui, apparemment, n'existait pour personne d'autre que lui, et se contenta d'un hochement de tête.

— On va remplacer le Lexomil par du Deroxat, c'est un antidépresseur léger qui agit à long terme. Vous le testez pendant dix jours et vous revenez me voir, OK ? Et surtout pas d'automédication, hein, vous n'augmentez pas les doses tout seul. Et pas d'alcool non plus. D'accord ?

Gabriel opina en silence. Ce check-up venait de démontrer que ce n'était pas du côté médical qu'il fallait chercher l'explication à toutes les incohérences – et c'était un doux euphémisme – qu'il avait vécues ces jours derniers. Il aurait préféré qu'on lui annonce une tumeur agressive incurable, qui aurait eu le mérite de le pousser irrémédiablement vers ce qu'il souhaitait. Sa propre fin. Au lieu de cela, il repartait comme il était venu, avec plus de questions que de réponses.

Le toubib signa l'ordonnance et la lui tendit.

— Et entre-temps, si jamais vous avez envie, ou besoin, n'hésitez pas. Vous avez mon portable. Parfois, une simple conversation peut éviter le pire.

Gabriel pinça les lèvres pour esquisser un sourire de remerciement puis se leva. Pas la peine de préciser au médecin compatissant que *le pire*, il l'avait déjà expérimenté, et que tout *le pire restant* ne serait pour lui que roupie de sansonnet.

11

Il était un peu plus de minuit lorsqu'il se pointa à l'Amnesia. Bourrée de monde. Même engeance qu'à l'accoutumée et même exubérance. Tandis que la foule interlope se trémoussait avec frénésie sur un remix techno bass, du déjà très techno bass « Strict Machine » de Goldfrapp, il l'aperçut assis dans le carré VIP et avança vers lui. Charon se leva pour l'accueillir.

— C'est bien que tu sois venu, lui lança-t-il avec un grand sourire.

Sur la piste, deux bombes anatomiques se déhanchaient langoureusement. Au signe du Taxi, elles vinrent les rejoindre. Deux sosies : cheveux bruns coupés au carré, lèvres peintes de rouge et robes ultracourtes habillant des jambes qui n'en finissaient pas. Gabriel se dit qu'elles paraissaient tout droit sorties du légendaire clip « Addicted to Love » de Robert Palmer. Charon semblait avoir lu dans ses pensées et bougea un peu pour permettre aux deux jeunes femmes de s'installer entre eux.

— Je te présente Daphné et Chloé. Mes cousines.

— Tes cousines ?

— Oui, ça t'étonne ?

— En ce moment, plus rien ne m'étonne… reconnut-il en dévisageant Daphné. C'est juste que j'ai la vague impression qu'on s'est déjà croisés.

— Daphné, tu connais mon ami ? questionna Charon.

Daphné secoua la tête tout en trempant ses lèvres dans la coupe posée sur la table. Gabriel n'insista pas, mais il continua à la dévisager. Si on la débarrassait de son accoutrement de vamp et qu'on l'habillait en bleu, la Daphné en question aurait pu être la sœur jumelle de la garde-détenus à laquelle il avait confié Charon la veille.

— Une p'tite coupette, mon commandant ? proposa le Taxi avant de le servir dans la foulée.

Gabriel détailla l'étiquette de Cristal Roederer.

— Je ne savais pas qu'un chauffeur de taxi pouvait se payer du champ' à cinq cents euros la bouteille.

— C'est déjà assez triste d'être pauvre, si en plus il fallait se priver ! rétorqua Charon en souriant.

Il trinqua avec Gabriel et vida sa coupe d'une traite.

— *Carpe diem,* disait Horace, que j'ai bien connu… Et toi ?

— Quoi, moi ?

— Ta philosophie de vie, c'est quoi ?

— Ma philosophie ? hésita Gabriel. On naît, on vit, on meurt… Point.

Charon se pencha à son oreille.

— Naître, vivre, mourir… Tu ne crois pas que ce serait trop simple si tout se résumait à ça ?

Gabriel avala une gorgée de champagne.

— Bon, dis-moi… Tu m'as pas fait venir pour philosopher ?

— Pas que…

— Alors je t'écoute.

Charon se leva et rajusta le col de son cuir.

— Tu vas où ? demanda Gabriel.

— Quelqu'un à saluer… J'en ai pour deux minutes.

— Magne-toi ! J'ai pas toute la nuit.

Gabriel le suivit des yeux quand il s'éloigna et le vit échanger un regard avec Barbera au moment où il passait près du bar. Comme les deux cousines contemplaient tristement leurs coupes vides, il les resservit. Elles prirent chacune une gorgée, échangèrent un baiser mouillé, puis retournèrent danser sur « Firestone » de Kygo qui démarrait.

Il resta quelques secondes à se demander ce qu'il était venu foutre dans un endroit pareil. Ses yeux accrochèrent la coupe de Charon sur la table basse ; comme personne ne faisait attention à lui, il la saisit et la mit discrètement dans sa poche. Son téléphone vibra. Baldec. Troisième appel manqué. Il ne décrocha pas et quitta la table.

Une fois au calme dans les toilettes, il le rappela.

— Putain, Gab, t'es où ?! On t'a pas vu de la journée !

Téléphone posé en mode haut-parleur sur le coin du lavabo, il finissait d'envelopper la coupe dans des serviettes en papier.

— Je faisais un tennis…

— Tu faisais quoi ?

Un homme entra, et avec lui les décibels provenant de la piste.

— T'es où là ? J'entends de la musique.

Gabriel prit son portable et s'éloigna le plus possible de l'urinoir que le mec était en train d'asperger, une main posée contre le mur pour garder l'équilibre.

— À l'Amnesia.

— L'Amnesia ? Qu'est-ce que tu fous là-bas ?

— J'essaie de glaner des trucs… Qu'est-ce que tu voulais me dire ?

— Y a un problème avec la ligne Kallista.

— C'est-à-dire ?

— L'abonnement court toujours et les factures sont envoyées à la même adresse.

— Elles sont réglées comment ?

— J'ai envoyé une réquise express à la banque. On saura ça demain. Gab… je voulais te dire… Marquand fait la gueule.

— Ça lui passera.

— Elle voit le dirlo et le préfet demain matin. Elle veut une synthèse des procédures Moon, Saint-Preux et Candella. Elle la veut pour 8 heures pétantes.

— Dis-lui qu'elle l'aura, fit-il avant de raccrocher.

Quand Gabriel revint vers le coin VIP, Charon n'était toujours pas revenu et les deux *cousines* n'étaient plus sur la piste.

Il partit à sa recherche, un poil agacé, mais ne le vit nulle part. Au moment où il allait se barrer, il entendit une voix dans son dos. Féminine. Pas familière, mais pas étrangère non plus.

— Commandant, quelle surprise…

Il se retourna et eut un peu de mal à reconnaître la créature qui lui faisait face. Cheveux lâchés tombant sur un bustier suggestif et jupe à la limite de la légalité.

— Docteur Palomba ?

Il chercha encore Charon des yeux. Il avait bel et bien disparu.

— Vous attendez quelqu'un ? Vous êtes accompagné peut-être ?

— Non. Enfin… plus.

Elle avança d'à peine quelques centimètres pour pénétrer dans sa bulle, cette *dimension cachée* décrite par les psychologues, qui correspond au périmètre dont

chacun a besoin pour se sentir en sécurité. En général, c'est la longueur d'un bras. Elle en était au coude. Elle enchaîna avec un sourire auquel personne n'aurait pu résister.

— Dans ce cas, rien ne vous empêche de m'offrir un verre.

Ils s'étaient isolés au bar de l'étage, moins fréquenté que celui du bas, et moins dans le flux des décibels. Malgré lui, Gabriel laissa courir ses yeux sur les jambes nues de la psychiatre, croisées au niveau de l'échancrure de la jupe en cuir.

— Vous venez souvent ici ? demanda-t-elle en savourant une gorgée de champagne.

— En fait, je suis ici pour le travail.

— Allons bon...

— Oui. Des choses à vérifier concernant la mort de Chris Moon.

— Les journaux ont parlé d'overdose... Pour quelle raison est-ce que cela intéresse la brigade criminelle ?

— Ce n'est pas une overdose.

Gabriel crut déceler un soupçon de perplexité sur son visage, impression qu'il balaya bien vite en la mettant sur le compte de la lumière rouge qui inondait en saccades tout l'étage.

— Et vous, docteur ? Vous venez souvent ici ? poursuivit-il, en ingurgitant quelques bulles.

— Ève. Dans ce club, je ne suis pas psychiatre, souffla-t-elle sur le ton de la confidence. De temps en temps. Quand j'ai envie, ou besoin, d'un peu de compagnie.

La franchise de la réponse le cueillit un poil à froid.

— Ça a le mérite d'être clair.

— L'honnêteté fait gagner du temps, non ?

Derrière les platines, le DJ changea de registre et balança « Lose Yourself » d'Eminem. Elle finit son verre au moment où le piano laissait place au riff de la guitare et se leva.

— J'adore ce morceau. Vous venez ?

Il aurait pu. Le rappeur du Missouri était le seul qu'il pouvait – de temps en temps – écouter. Avant. Plus maintenant. La musique, quelle qu'elle fût, était devenue pour lui un art inutile. Il déclina.

— Non. Merci.

— Allez… Décoincez-vous un peu, commandant !

Elle lui prit la main et l'entraîna vers la piste où résonnaient des paroles diffusées par les enceintes RCF. *Look if you had one shot... One opportunity...*

Il se laissa faire et la suivit avec autant de conviction qu'un condamné se dirigeant vers la guillotine.

Au bout de quelques secondes, les beats et la lumière stroboscopique finirent par avoir raison de sa réticence et il se mit même à se déhancher avec elle.

Se collant et se décollant de lui, elle entama alors une danse de séduction mêlant chaloupages de bassin et mouvements de buste langoureux. Mais il n'y avait pas que sur lui que le charme agissait. Autour d'elle, des mâles gorgés de testostérone lui jetaient des œillades appuyées, et deux d'entre eux délaissèrent même leurs partenaires pour venir gigoter près d'elle.

Elle s'en amusa, mais, agacé par son petit jeu, Gabriel quitta la piste.

Il était en train de se passer un peu d'eau sur le visage lorsque la porte des toilettes s'ouvrit dans son dos.

Gabriel leva les yeux vers le miroir. Palomba était là, adossée à la porte, et le fixait de manière non équivoque. La prédatrice était face à sa proie.

— Vous savez que vous êtes chez les hommes ?

Elle se dirigea vers lui sans répondre, saisit sa nuque et commença à l'embrasser goulûment. Il voulut la repousser, mais il en était incapable. Il ne savait pas ce qui était en train de se passer. Une seule chose était sûre : il n'était plus maître de lui.

Elle prolongea le baiser… défit sa ceinture… baissa son pantalon d'un geste brusque et s'agenouilla entre ses jambes. Il tenta à nouveau de résister, en vain. Son cerveau lui hurlait qu'il était en train de faire une connerie. Le problème, c'est qu'à cet instant précis ce n'était plus son cerveau qui commandait. Il plongea ses mains dans ses cheveux pour la guider dans son va-et-vient. Elle remonta contre lui, s'assit sur l'évier en relevant sa jupe sur ses reins et l'attira vers elle. Dans un état second, Gabriel s'introduit en elle et s'activa entre ses cuisses. Elle gémissait de plaisir. Il haletait comme un marathonien. Ils jouirent en même temps.

Tandis qu'il reprenait ses esprits, elle rajusta tranquillement sa jupe et arrangea ses cheveux devant le miroir.

— Vous voulez bien me raccompagner ?

Et elle sortit sans attendre la réponse.

***

La pièce, à peine plus petite qu'un hall de gare, était reconvertie en salle d'exposition dédiée à l'art de la guerre. Il y avait des armes blanches et à poudre de différentes époques, des armures romaines, médiévales, japonaises… et aussi d'autres objets plus originaux mais moins visibles. Un filet de maille, un trident doré, un collier de céramique, un trône de bois et même un char grec grandeur nature. Un condensé de toutes les panoplies guerrières inventées par l'homme depuis qu'il maîtrisait le feu.

Dans une partie de la pièce qui faisait office d'atelier de sculpture, Harold Hammerman, masque de soudeur sur le visage et tablier de cuir noué autour des reins, était en train de peaufiner sa dernière œuvre : une harpie métallique à la gueule hurlante d'au moins trois mètres de haut.

Soudain, il s'arrêta net et releva sa visière de protection, laissant ainsi apercevoir un visage difforme qui semblait avoir subi une reconstruction chirurgicale approximative.

Son regard se figea, sa mâchoire se crispa. Il retira le casque de soudeur, posa le chalumeau, saisit un énorme pieu d'acier et commença à détruire la sculpture en poussant des cris de rage.

***

Grilles du palais du Luxembourg dans le dos, Gabriel roulait sur l'avenue de l'Observatoire.

— Arrêtez-moi là, s'il vous plaît, dit-elle en désignant l'angle de la rue Michelet.

Il ne lui avait pas adressé un mot durant le trajet. Mélange de culpabilité terrible – six mois à peine que sa femme était enterrée et il s'envoyait une nympho dans des chiottes de boîte – et de sentiment diffus de décalage avec la réalité. L'impression, en fait, de ne pas vraiment avoir vécu ce moment surréaliste. De son côté, elle avait respecté son besoin de silence et seul le bruit des essuie-glaces balayant les trombes d'eau qui s'abattaient sur le pare-brise avait rythmé le trajet.

Quand il s'arrêta, elle consulta l'écran de son portable qui venait de vibrer.

— Mon mari, avoua-t-elle en surprenant son coup d'œil.

— Vous êtes mariée ? lâcha-t-il en ouvrant enfin la bouche.

— Oui, pourquoi ?

— Vous n'aviez pas l'air très *mariée* tout à l'heure. Et vous ne portez pas d'alliance.

Elle caressa son annulaire lisse entre pouce et index, puis saisit doucement la main gauche de Gabriel et s'attarda sur son alliance. Il voulut l'en empêcher pour ne pas pousser plus loin le sacrilège. Il ne voulait pas que ces doigts, qui quelque temps auparavant, entouraient son sexe en érection, souillent l'anneau symbolique. Trace éternelle de l'amour qui avait existé – et qui existait toujours – entre lui et sa femme. Il fut pourtant incapable d'arrêter son geste.

— Savez-vous que, d'après certaines croyances antiques, une veine part de l'annulaire gauche et rejoint le cœur ? Le fait de comprimer cette veine par un anneau assurerait l'amour exclusif.

— Intéressant.

— Je ne suis pas pour l'amour exclusif, fit-elle en lui rendant sa main.

— Et votre mari ? Il en pense quoi ?

— Il travaille trop pour penser.

— Ah… Et il fait quoi ?

— C'est un industriel. Grosse entreprise.

— Genre ?

— Harold Hammerman, vous connaissez ?

— Le Harold Hammerman de Hammerman Industries ?! siffla-t-il, un brin épaté.

— Lui-même.

— D'accord… Et donc vous êtes un couple moderne ?

— On peut même dire qu'on a inventé le concept !

Gabriel la considéra en silence. S'ils s'étaient rencontrés plus tard, bien plus tard, il aurait sans doute apprécié la compagnie de cette très jolie femme dotée d'un humour percutant. Plus tard, bien plus tard. Pour l'heure, il s'en voulait de ne pas avoir eu la volonté de résister à sa part animale.

— Dites-moi, docteur…

— Ève, je vous ai dit.

— Ève, votre éthique ne vous interdit-elle pas, en principe, d'avoir des relations sexuelles avec vos patients ?

Elle laissa échapper un sourire condescendant.

— Je crois en l'éthique antique, celle de Socrate et de Platon, qui dit que l'homme bon est celui qui réalise pleinement ce qui constitue la nature humaine afin d'atteindre le bonheur, confia-t-elle avant d'ouvrir la portière. Merci de m'avoir raccompagnée.

Il la regarda s'éloigner sur l'avenue et démarra quand elle eut passé le coin de la rue des Chartreux. Mais au lieu de repartir tout droit, il décida de suivre le même chemin qu'elle, histoire de la loger discrètement. Pourtant, quand il s'engagea dans la rue, elle avait déjà disparu.

Il roula jusqu'au croisement suivant et fit le tour du pâté d'immeubles par Assas : aucune trace d'elle, et aucun hall d'entrée n'était allumé dans la rue qu'elle avait empruntée.

Alors qu'il revenait sur l'avenue, ses yeux se posèrent sur l'énorme bâtiment de brique rouge qui se dessinait sous l'eau et le ciel orageux. Mélange du palais des Doges de Venise et de l'Alhambra de Grenade, l'Institut d'art et d'archéologie se dressait entre la rue Michelet, la rue des Chartreux et l'avenue de l'Observatoire. En principe, il n'était fréquenté que pendant la journée, et uniquement par les étudiants et les professeurs, mais c'était pourtant le seul endroit où elle aurait eu le temps de s'engouffrer.

Son portable vibra. Baldec. Il décida d'échapper à la conversation, qui n'aurait pu être que laborieuse, voire inutile. Il remit son téléphone en poche et démarra.

***

Les rayons de la lune rebondissaient sur les miroirs muraux, grandioses, de l'immense salon. Plusieurs statues grecques qu'on aurait pu croire tout droit sorties du Louvre trônaient dans chacun des angles, et deux lustres vénitiens pendaient du plafond, dans une symétrie parfaite. Ève Palomba traversa sans allumer et se dévêtit lentement, abandonnant ses vêtements sur le dossier du canapé d'angle en cuir qui prenait la moitié de la pièce.

— Tu rentres tard !

Assis dans la pénombre, Hammerman l'attendait. Il quitta le fauteuil Empire dans lequel il s'était installé en s'aidant de son long bâton et s'approcha d'elle en claudiquant. La lumière renvoyée par les miroirs donnait à son visage rafistolé un air encore plus inquiétant. À l'aide d'un mouchoir en tissu, il essuya délicatement son œil qui coulait.

— Qu'est-ce que tu fais ici ? demanda-t-elle, contrariée. Je croyais qu'on avait convenu…

— Tu as convenu ! précisa-t-il en haussant le ton.

— Bon… puisque c'est comme ça, je vais partir d'ici, dit-elle en se tournant.

— Non ! Je t'en prie… Reste, supplia-t-il en lui saisissant le bras, je ne t'embêterai plus. Je ne viendrai plus dans cette partie. J'avais juste envie de te voir. De te sentir.

Elle dégagea son bras et emprunta le long couloir mordoré qui menait à la salle de bains. Il lui emboîta le pas et l'observa à la dérobée lorsqu'elle remonta ses cheveux devant le miroir.

— Je suis fatigué, tu sais. Fatigué de t'aimer…

Elle marcha nue vers lui et lui ferma doucement la porte au nez. Il posa son front contre le médaillon de scène mythologique qui ornait le bois, yeux mi-clos.

— Ne t'attache pas trop à celui-là, lâcha-t-il entre ses dents en tournant les talons.

***

Gabriel sortit de la douche, s'essuya rapidement, noua une serviette autour de ses reins et se planta devant le miroir. Il évacua la buée du plat de la main et contempla son visage. Traits tirés, yeux creusés. Les cheveux avaient poussé au-delà du raisonnable, mais il n'avait ni le temps ni l'envie d'aller se faire ratiboiser. Autour de son cou, la croix de vie scintillait dans la lumière. Son regard se figea. Sa mémoire en jachère retourna soudain visiter un passé pas si lointain. D'abord, des accords de guitare, puis la voix nasillarde du chanteur britannique alors qu'il s'appelait encore Cat Stevens, tandis qu'il donne le biberon à son fils.

It's not time to make a change
Just relax, take it easy
You're still young, that's your fault
There's so much you have to know

Une porte claque. Marie se dévêtit à la hâte et vient s'asseoir près de lui, en lui tendant un petit paquet.

— Joyeux anniversaire, mon amour !

— C'est quoi ? demande-t-il sans lâcher le biberon.

Elle ouvre le paquet. C'est une croix égyptienne.

— Une croix de vie. Le symbole de l'immortalité de l'âme.

— Rien que ça...

Elle lui accroche la chaîne autour du cou et vient se lover contre lui en jetant un regard plein d'amour à leur bébé qui continue de téter goulûment.

— Tu es immortel, maintenant. Grâce à lui.

Il longea le couloir et s'arrêta devant la chambre de Tom. Il tendit la main. Elle tremblait toujours, mais cette fois il parvint à la poser sur la poignée. Il prit une longue inspiration... et entra.

Il n'avait touché à rien depuis le drame. Sur le lit encore défait, il aperçut le pyjama qui dépassait de sous l'oreiller. Il s'assit avec une infinie précaution, le prit contre lui et y enfouit son visage à la recherche d'une odeur disparue.

Il laissa ses yeux se promener sur les photos de l'étagère : Tom avec ses copains lors de son dernier anniversaire dans le jardin de la maison. Puis une autre, en karaté-gi, ceinture jaune et blanc autour de la taille... Et la dernière, Marie et lui face à l'objectif en train de faire un concours de grimaces.

Sur la table de chevet, le *Larousse junior de la mythologie,* le livre qu'ils lisaient ensemble la veille de l'accident, était en équilibre instable. Il tendit la main et l'ouvrit là où ils en étaient : le chapitre consacré aux Enfers grecs. Il y était question d'Hadès, de Cerbère, des trois juges des Enfers et du nocher chargé de transporter les âmes de l'autre côté du Styx.

Allongé contre son fils dans le lit, il lui fait la lecture.

— Lorsqu'une personne mourait, son âme se présentait sur les berges du Styx. Après avoir versé à Charon

l'obole que ses proches avaient pris soin de placer dans sa bouche lors des funérailles, elle était conduite jusqu'à une île centrale séparée en deux parties. L'une, appelée Champs-Élysées, était le séjour des bienheureux ; l'autre, appelée Tartare, était le lieu des supplices éternels...

— Tartare *comme le* steak tartare *? s'amusa Tom.*

— C'est exactement ça, fit son père en lui souriant. Mais la majorité des âmes se réincarnaient après avoir bu l'eau du Léthé, qui leur apportait l'oubli de leur vie antérieure. Car pour les Grecs, la mort n'était qu'un intervalle entre deux vies terrestres.

— Papa, ça veut dire quoi se réincarner ?

Son téléphone se mit à vibrer. Numéro masqué. Il resta scotché devant la page, sur laquelle on trouvait une reproduction des Enfers, tels que se les représentaient les anciens Grecs. Une île centrale entourée par un fleuve et séparée en deux parties. Il ne put s'empêcher de relire le texte consacré au fameux Charon, le passeur des âmes, tout en se remémorant sa confrontation avec le chauffeur de taxi.

Gabriel vient d'interpeller le Taxi dans son antre. Il le chope par le col et le retourne vers lui.

— Où sont tes papiers ?

— On m'a cambriolé... On m'a tout volé.

— C'est ça, ouais ! Ton nom ?

Le Taxi ne répond pas.

— Ton nom !

— Charon.

— Prénom ?!

— Qu'est-ce qui te ferait plaisir ?

Le portable continuait de vibrer. Il secoua la tête et soupira, comme pour chasser une idée débile, puis décrocha.

— Allô ?

— Comment s'est passée ta soirée ?

Il reconnut immédiatement la voix de Charon. Il se leva et reposa le *Larousse* dans la bibliothèque.

— Pourquoi tu t'es barré ?! demanda-t-il, impatient.

— Pour te rendre disponible...

— Disponible de quoi ?! le coupa-t-il. Tu étais censé me donner des infos !

— J'ai fait mieux que ça...

— Je pige pas...

— La rencontre que tu as faite...

Il sortit de la chambre. Au moment où il s'apprêtait à emprunter l'escalier, son téléphone lui signala un double appel. Baldec essayait de le joindre. Pas le temps. Il décida de l'ignorer et descendit vers le rez-de-chaussée.

— Quoi ?! Quel rapport ?!

— Tu es flic, non ? Fais ton job.

— Je te jure qu'à un moment ou à un autre tu vas me dire qui tu es et à quoi rime tout ça !

— Certainement... fit la voix de Charon. À condition que tu n'oublies pas l'essentiel : me faire confiance.

— L'essentiel, c'étaient ma femme et mon fils ! Et ils sont morts ! asséna-t-il en arrivant dans le salon.

— La mort n'est qu'un changement de forme, Gabriel...

Il hallucina : le Taxi était là, dans son salon, planté devant le mur de photos.

— Qu'est-ce que tu fous ici ?!

— Ta porte n'était pas fermée, rétorqua Charon sans se retourner. D'ailleurs tu devrais, par les temps qui courent...

Gabriel jeta un coup d'œil rapide vers l'entrée. Depuis six mois, il ne se barricadait plus. Malgré l'insécurité galopante dans tout le pays, il ne redoutait rien. Depuis six mois, il n'avait en fait plus rien à redouter.

— C'est le même, déclara Charon en continuant de scruter les photos de Mustang punaisées au mur.

— *Le même* quoi ?! demanda Gabriel en s'approchant.

Charon se décolla du mur, prit la télécommande, alluma la télé et se mit à zapper entre les chaînes d'info. Il n'y était question que de catastrophes. Famine au Soudan... Violentes manifestations populaires en Chine et en Inde...

— Le monde part en couille, non ?

— C'est pas nouveau !

Charon continua de zapper entre plusieurs chaînes nationales et internationales : ours polaire la peau sur les os... Pollution galopante... Attentat sanglant en Égypte...

— Non. Mais ce qui est nouveau, c'est que là vous êtes à deux doigts du mur, poursuivit-il en changeant encore une fois de chaîne. Le matériel a pris le pouvoir sur le spirituel... Et quand spirituel il y a, il est entre les mains d'abrutis qui le détournent pour en faire une arme de guerre.

Il éteignit la télévision et reposa la télécommande sur la table basse.

— Il faut bien reconnaître qu'on a failli.

— *On* ? C'est qui, *on* ?!

Charon prit une grande inspiration en le toisant.

— Tu es pragmatique et cartésien, Gabriel. C'est parfait pour un représentant de l'ordre terrestre. Mais l'ordre... universel répond à une autre logique, et il a d'autres conséquences.

— *Ordre universel*, mon cul ! Le seul ordre que je connaisse et qui marche, c'est celui du petit livre rouge. Pas le chinois, hein… le français ! Ça s'appelle le Code pénal.

Charon se mit à sourire franchement.

— Les deux ne sont pas antinomiques. Ton code s'occupe de la forme, le mien s'occupe du fond. Son dernier ambassadeur s'appelait Bertrand Saint-Preux…

Il marqua un temps, histoire de guetter la réaction du commandant… qui ne vint pas.

— Ce mec, c'était votre chance. Si mon patron apprend qu'il s'est fait occire, il va tous nous rapatrier, nous passer un putain de savon… et vous laisser vous anéantir.

— Ton patron ?! Et… c'est qui, ton patron ?

— Ben le barbu, fit Charon en mimant une barbe, pouce vers le plafond. Le taulier quoi !

Gabriel laissa échapper un rire nerveux.

— Putain, mais de quel hôpital tu t'es échappé ?!

Charon l'imita quelques secondes en ricanant exagérément, puis stoppa net.

— Toi et moi, on doit intervenir avant la prochaine victime.

— Parce que tu sais qu'il y aura une prochaine victime ?

— Oui.

— C'est qui ?

— Tu le sauras en temps voulu…

— C'est qui, putain ?!

— Gabriel… Je te propose de sauver tes semblables et toi, tu mégotes ?

— Qui te dit que j'en ai quelque chose à foutre de mes semblables ?

— Tu es fondamentalement bon, je le sais, sinon je ne serais pas là, dit Charon avant de s'interrompre pour tendre l'oreille. Bon, je vais te laisser, tu as de la visite. Et souviens-toi… c'est le même.

On sonna à la porte. Gabriel tourna la tête vers l'entrée en consultant sa montre. Presque 2 heures du matin. Qui pouvait se pointer à cette heure ? À part Baldec ? Son ami habitait à dix minutes en voiture. Cela avait des côtés pratiques lorsque, à l'issue de journées chargées, Gabriel préférait se faire raccompagner plutôt que de prendre le volant, mais aussi des inconvénients lorsque son pote débarquait à l'improviste le week-end, avec un pack de bières, parce qu'il venait de se friter avec sa femme.

— Tu bouges pas d'ici, ordonna-t-il en se retournant.

Mais Charon avait disparu.

Il resta immobile un instant, au milieu du salon, puis alla ouvrir. Baldec était sur le seuil, vêtu d'un bas de jogging et d'un K-way trempé, et affichait la tête du bon copain qui culpabilise.

— Je te dérange ? demanda-t-il en entrant. Je t'ai senti hyper bizarre au téléphone tout à l'heure…

— T'as vu l'heure ? fit Gabriel en le plantant là pour vérifier tout le rez-de-chaussée au pas de charge.

— Ben quoi… J'ai essayé de te rappeler, continua Baldec en refermant la porte, mais t'étais tout le temps sur messagerie. Qu'est-ce qui se passe ? Tu cherches quoi ?

Gabriel attaquait les marches de l'escalier quatre à quatre. En arrivant à l'étage, il examina toutes les pièces et composa le numéro de l'état-major du 36 pour demander à identifier l'appel qu'il avait reçu. Le flic de permanence lui promit de faire diligence. Dernière pièce, la chambre de Tom. La fenêtre était grande ouverte. Il la referma en laissant échapper un soupir, puis redescendit. Quand il revint dans la cuisine, Baldec avait le nez dans le frigo.

— T'as été dévalisé ? T'aurais pas un truc pour m'essuyer ? J'en ai jusque dans la raie.

Gabriel s'approcha, se souvint qu'il avait balancé toutes ses bouteilles dans l'évier, et lui tendit un torchon propre.

— J'ai pas eu le temps de refaire le stock.

— Bon… de toute façon, je suis pas venu pour picoler.

— Pour quoi alors ?

Pendant que Baldec s'essuyait avec le torchon roulé en boule, Gabriel s'appuya contre l'évier et passa nerveusement sa main dans sa tignasse.

— Dis-moi, commença son pote en lui rendant le linge humide, tu prends des trucs ?

— Quoi ?!

— Tu sais très bien ce que je veux dire. Depuis quelque temps, t'es bizarre. Depuis le soir où Moon a fait son OD…

— C'est pas une OD ! rectifia Gabriel sur un ton agacé.

— Si tu veux… Mais j'ai l'impression que… que t'es plus le même. Que ton regard a changé.

— Mon regard a changé ? T'en as d'autres des comme ça ?! Tu te prends pour qui ?! Pour ma mère ?!

— Gab, je suis ton pote, merde !

Gabriel n'en doutait pas, mais que Baldec puisse supposer qu'il prenait une quelconque substance illicite le contrariait au plus haut point.

— Je prends rien !

— Ça va, ça va, j'ai rien dit, admit Baldec pour calmer le jeu. Je m'inquiète pour toi, c'est tout. Tu sais que tu peux compter sur moi. Que tu peux tout me dire. Je t'ai déjà prouvé que je savais fermer ma gueule.

— Oui, je sais, Erwann. Je sais.

— Bien… souffla-t-il. Bon, puisque t'as rien à boire… En fait, je voulais juste être sûr.

— Tout va bien, t'inquiète.

— Et il faudra que tu viennes becqueter à la maison un de ces quatre, merde ! Valérie sera contente de te voir. Elle se fait du souci pour toi, elle aussi, tu sais.

Gabriel le savait, ou du moins s'en doutait. La femme de Baldec et la sienne étaient très proches – qui de mieux placé qu'une épouse de flic pour comprendre une autre épouse de flic ? Depuis l'accident, il avait dû décliner une bonne dizaine d'invitations, et il savait qu'il n'allait pas pouvoir refuser indéfiniment, ne serait-ce que pour ne pas la vexer. Les vexer. Sous ses airs bourrus, Baldec était un vrai pote. Mieux, un véritable ami. Et Gabriel ne distribuait pas les bons points de camaraderie avec largesse.

— Un de ces quatre. Promis. Tu l'embrasses.

Baldec marqua une infime hésitation, et prit son ami dans ses bras. Gabriel en fut ému. En cinq ans de collaboration, c'était la première fois que son collègue lui manifestait une telle marque de tendresse. Ils s'adressèrent un dernier « salut » mutuel.

À peine Baldec avait-il passé la porte que le permanent de l'état-major rappelait. Identifier le numéro allait prendre un peu de temps. Problème technique. Gabriel le remercia. Qu'il laisse tomber, il s'en occuperait lui-même.

Il alla se poser dans le canapé et bascula la tête en arrière. Le film de la soirée défila au pas cadencé dans son esprit. Les événements étranges s'enchaînaient. Les personnages insolites s'accumulaient. Pour la première fois depuis toutes les années de police qu'il avait au compteur, il avait la sensation de patauger dans la semoule.

Mais curieusement, il ne pensait plus du tout à se flinguer.

Car la phrase énigmatique de Charon résonnait en boucle dans sa tête : « C'est le même... »

12

Les violentes bourrasques qui martelaient les carreaux des fenêtres de l'étage de la police technique et scientifique avaient obligé les fonctionnaires du service à colmater les issues fragilisées par les éléments en furie avec ce qui leur tombait sous la main : gaffeur, cartons, linges, etc. On se demandait même si la toiture, qui avait fait largement plus que son temps, n'allait pas leur tomber sur la tête. À l'intérieur de la chambre de développement, Karine Costa, l'une des techniciennes de l'identité judiciaire parmi les plus expérimentées, plaça la coupe que Gabriel venait de lui remettre dans la cuve hermétique, puis vaporisa l'ester de cyanoacrylate. Une fois la polymérisation arrivée à son terme, elle rajusta ses lunettes cerclées de métal, souffla brièvement sur la mèche brune qui lui tombait en boucle devant le nez, et observa en professionnelle les traces blanches révélées.

— Oh, qu'elles sont belles ! apprécia-t-elle pendant que la mèche lui retombait sur le front. Si seulement on pouvait nous en apporter toujours des comme ça !

Une fois l'image agrandie, elle bloqua sa mèche rebelle derrière son oreille et rentra les données dans son ordinateur. Le logiciel fit ce pour quoi il était conçu et compara en direct l'empreinte de référence avec les milliers d'autres constituant la base de données du FAED, le fichier automatisé des empreintes digitales. À l'issue de la recherche, elle adressa à Gabriel une moue déçue.

— Négatif, ton type est inconnu chez nous.

— On a des paluches non identifiées dans les procédures Moon, Saint-Preux ou Candella ? questionna-t-il.

— Pas de mémoire... Attends, je vérifie, lança-t-elle en pianotant sur son clavier. Non... Négatif.

— Bon... Tu me gardes ça au chaud, s'il te plaît ?

— OK. Quel numéro de procédure ?

— Aucun pour l'instant, lâcha-t-il du bout des lèvres. C'est du *off*.

— OK... dit-elle en remettant délicatement la coupe dans son sachet plastique. C'est bien parce que c'est toi.

***

— Et qu'est-ce qui te fait penser que ce mec pourrait être de chez nous ?

Assise face à Gabriel dans la salle du fond du Rallye Villiers, le troquet où la plupart des flics de la DGSI, la Direction générale de la sécurité intérieure, venaient se restaurer ou boire un coup quand ils n'étaient pas par monts et par vaux, Coralie Lavergne, cheffe de la section R, pour Interceptions numériques, communications et affaires réservées, sirotait son café noisette en écoutant Gabriel lui résumer la situation.

— C'est pas les Stups, ni la PP[1], ni l'Office, j'ai vérifié, et comme tu le sais la DGSE[2] ne monte pas ce genre d'opération sur le territoire. Enfin, en principe.

1. Préfecture de Police.
2. Direction générale de la sécurité extérieure.

— Mouais... rétorqua la quarantenaire en plissant son joli nez retroussé. Bon... Je peux pas te faire la liste de ce qu'on a en cours, tu dois t'en douter, mais ce que je peux te dire c'est que le plan tacot américain en guise de couverture, je serais au courant, côté discrétion on fait mieux.

— On est d'accord.

— T'es sûr que t'es pas en train de te faire bananer par un mytho ? fit-elle en souriant. Genre Mehdi... Tu te souviens ?

Gabriel se souvenait. Lorsque Coralie et lui sévissaient aux Stups, un paquet d'années auparavant, le *Mehdi* en question, dealer de coke la nuit et informateur le jour, avait été serré par un équipage BAC alors qu'il venait d'interpeller un dealer en se faisant passer pour un agent des Stups travaillant avec Gabriel. En le fouillant, les *bacqueux* avaient trouvé sur lui une fausse carte de police grossièrement falsifiée. L'enquête menée par la suite avait déterminé que le garçon sévissait comme faux flic depuis des mois, et avait ainsi probablement piqué des kilos de came à ses concurrents.

— Sûr. Ce mec joue un rôle, c'est certain, mais il connaît parfaitement la boîte. Et c'est pas un voyou, sinon ses paluches seraient sorties.

Coralie termina son café d'une traite et jeta un œil à sa montre.

— Faut que j'y aille. J'ai imprimé tout ce que tu m'as dit et je te promets de vérifier, dit-elle en se levant. Je vais aussi en glisser deux mots à mon contact à Mortier. On ne sait jamais, ils sont capables de tout.

Mortier, du nom du boulevard dans le 20e arrondissement, désignait en fait la *Piscine*, les bâtiments vieillissants qui abritaient le siège de la DGSE et qui connaîtraient bientôt, en 2028 disait-on, le même sort que le 36. Un abandon pur et simple après des décennies d'hospitalité au profit de locaux plus vastes et plus modernes situés à Vincennes.

Il se leva aussi. Elle renoua son étole sur sa poitrine, passa une main dans ses cheveux blonds et bouclés et le précéda vers la sortie. Une fois dehors, elle le prit dans ses bras pour l'embrasser.

— Je trouve que t'as meilleure mine que la dernière fois, lui glissa-t-elle en se décollant de lui.

Elle ouvrit son parapluie pour se protéger des giboulées. Dernier geste de la main. Il la regarda traverser et prendre la direction du blockhaus de béton et de verre situé plus loin sur la rue de Villiers, puis il remonta son col, longea les stores de la devanture pour rester le plus longtemps possible au sec et se dirigea vers la rue Greffulhe, où il s'était garé.

***

— Va falloir que je lui colle au train. C'était moins une à l'INSEP.

Bras croisés sur son torse, Charon était adossé à son Checker garé quai de l'Horloge, face à l'entrée du dépôt de la préfecture de Police où séjournaient les personnes déférées en attendant d'être présentées à un magistrat. Face à lui, le Chauve avait les mains dans les poches.

— Ça devient de plus en plus compliqué, ton histoire, et tu prends de plus en plus de libertés. Qui va faire ton boulot pendant que tu t'amuses ?

— Ça ne devrait plus durer longtemps, t'inquiète pas. Et puis… je n'ai pas grand monde en ce moment. C'est un peu la saison creuse. Ça doit être dû au temps. Ils sortent moins… Ils font moins de conneries.

Le Chauve pencha la tête pour jeter un œil à la silhouette masculine assise à l'arrière du taxi.

— Tu as son dossier ?

Charon sortit une chemise cartonnée de la boîte à gants, qu'il lui remit. Le Chauve consulta rapidement les premiers feuillets, et ouvrit la portière arrière.

— Vous me suivez, s'il vous plaît...

Fabien Candella se déplia, sortit du véhicule et emboîta le pas au Chauve, qui s'engageait sous le porche. Charon se remit au volant et démarra.

***

Gobelet de café tiédasse près de l'ordinateur, porte du bureau fermée, Gabriel avait lancé une gamme de recherches sur Ève Palomba. Comme elle jouissait d'une réputation internationale, une multitude d'occurrences lui étaient consacrées.

Née en janvier 1982 à Genève, le docteur Ève Palomba était l'auteure de nombreuses parutions, tant en français qu'en anglais, et sa *Psychanalyse des mythologies* était considérée comme l'un des ouvrages de référence de la profession, à l'instar de celui d'Otto Rank. Peu de choses, en revanche, sur son parcours étudiant et sa jeunesse. Quelques articles précisaient qu'elle avait suivi des parents aventuriers qui, dès son plus jeune âge, l'avaient emmenée sillonner les mers du globe. Ceci expliquait sans doute cela.

Autre recherche : l'Institut d'art et d'archéologie, près duquel elle avait disparu lorsqu'il l'avait raccompagnée. En surfant sur Google, il eut la confirmation que le bâtiment abritait plusieurs entités : l'École d'histoire de l'art et d'archéologie de la Sorbonne, l'École doctorale d'archéologie, la faculté des lettres de Paris-Sorbonne, l'UFR d'histoire de l'art et d'archéologie, un centre de recherches sur l'Amérique préhispanique, un autre sur l'Extrême-Orient, un laboratoire de recherche en histoire de l'art, et enfin l'immense bibliothèque Michelet et ses fameux arcs voûtés, mais il n'était fait aucune mention de logements particuliers susceptibles d'être occupés par un quelconque personnel universitaire. D'autant que, comme ses investigations le lui confirmèrent, tout l'intérieur du bâtiment était en cours de réhabilitation depuis plus de six mois maintenant et il n'était même plus fréquenté par la jeunesse estudiantine. La psychiatre avait disparu dans un quartier où elle n'avait apparemment aucune attache – les différents fichiers de l'état-civil la domiciliaient en effet à la même adresse que celle de son cabinet.

Gabriel se concentra ensuite sur Harold Hammerman, fondateur du groupe du même nom et premier constructeur d'avions de combat en Europe. Le mari d'Ève Palomba était officiellement domicilié à la même adresse que sa femme, place de Colombie, mais comme toute personne travaillant dans des secteurs sensibles, l'accès à son dossier était restreint. Et pas question de passer un petit coup de grelot à l'un de ses potes de la DGSE ; il n'avait pas envie qu'un *blanc* soit ouvert à son nom sur le sujet.

Il se tourna donc à nouveau vers le Net, mais les pages qui lui étaient consacrées étaient tout aussi avares de renseignements. Mis à part quelques articles de fond sur l'itinéraire de celui qui allait devenir un brillant capitaine d'industrie, on ne trouvait aucune mention relative au couple qu'il formait avec Ève Palomba, ni aucune photo d'eux ensemble. Les rares clichés disponibles, tous pris dans des contextes strictement professionnels, montraient un homme toujours tiré à quatre épingles, mais handicapé d'une jambe et affligé d'une malformation du visage. C'était peut-être la raison de son extrême discrétion vis-à-vis des médias.

Gabriel croisa les mains derrière sa nuque et partit à la renverse dans son fauteuil. Il prit le gobelet et finit le café. Il était froid.

***

Ève Palomba était en train de finir de s'habiller lorsqu'on frappa à la porte. Elle alla ouvrir. Hammerman se tenait debout sur le seuil, appuyé sur sa canne d'ivoire à pommeau d'argent. Son chauffeur, un colosse au teint d'ébène, descendait le grand escalier en tenant deux Trunk Rimowa qui, dans ses énormes pognes, avaient l'air de simples cartables d'écolier.

— Je dois aller à Londres pour quelques jours. Une affaire à régler. Quand je reviendrai, j'aimerais qu'on prenne le temps d'un week-end. Rien que toi et moi.

Comme elle ne répondait pas, il jeta un œil à son chemisier entrouvert et aperçut le galbe d'un sein. Elle voulut se reboutonner, mais il arrêta son geste en lui saisissant le poignet.

— Je suis ton mari. J'ai le droit de te regarder. De te contempler.

— Je t'en prie… dit-elle en repoussant gentiment sa main.

— Tu es sûre que tu ne veux pas venir avec moi ? La Tamise est magnifique à cette période de l'année.

— Je ne peux pas. J'ai mes patients.

— Tes patients… Oui, bien sûr.

Ils restèrent silencieux quelques secondes.

— Il n'y a que dans tes yeux que j'oublie… ce que je suis, lui murmura-t-il avant de descendre les marches.

Juste avant de s'installer dans la Rolls-Royce Wraith garée en bas de l'édifice, il leva la tête vers la fenêtre du deuxième étage et aperçut la silhouette de sa femme derrière les rideaux. Il lui lança un regard d'une tristesse infinie, essuya à l'aide de son mouchoir son œil qui coulait encore, puis s'engouffra dans l'habitacle.

Quand la Rolls démarra, son visage se ferma et il se mit à serrer le pommeau de sa canne à s'en faire rougir les doigts.

***

Gabriel était en train de surveiller l'impression des pages consultées lorsque Marquand entra sans frapper.

— Tu as la synthèse que je t'ai demandée ?

Il lui tendit la chemise cartonnée qui trônait sur le coin de son bureau, puis récupéra les feuilles qui sortaient de l'imprimante. Elle parcourut les documents et, du coin de l'œil, le vit ranger les pages dans un tiroir.

— Ça devrait faire l'affaire… dit-elle en refermant la chemise. De toute façon, Martignac n'a jamais su lire une procédure.

Il esquissa un demi-sourire entendu.

— Dis-moi… Ce taxi américain que tu cherches à identifier, ça concerne quelle affaire ?

— Aucune, c'est du perso, répondit-il, pris au dépourvu.

— Du perso ?! On a trois morts suspectes sur les bras, dont une qui pourrait bien me coûter mon poste si on ne se bouge pas le cul, et tu trouves le temps de faire du perso ? Tu te fous de ma gueule, Gab ?!

Il finit son rangement en s'efforçant d'éviter de croiser le regard de sa supérieure.

— Tu continues de chercher la voiture, c'est ça ?

Il ne répondit pas.

— Quand est-ce que tu vas admettre que le chauffeur du camion s'est trompé, bordel ?

Le portable de Gabriel vibra sur le bureau. Numéro masqué.

— Excuse-moi, souffla-t-il en décrochant. Oui ? Allô ?

Portable posé sur la coiffeuse, Palomba s'était équipée d'oreillettes et pouvait ainsi finir de s'habiller tout en suivant les infos diffusées à la télé. Partout en France, des milliers de manifestants scandaient le même slogan et réclamaient la démission du gouvernement, qu'ils jugeaient responsable plus ou moins directement de la mort de Bertrand Saint-Preux.

— Notre prochaine séance ne se déroulera pas à mon cabinet.

— Ah bon ? Où ça alors ? demanda-t-il en jetant un coup d'œil à Marquand.

— Je vous rappelle en fin de journée, fit-elle avant de raccrocher.

Marquand remarqua son air troublé.

— C'était qui ?

Baldec fit irruption dans le bureau. *Sauvé par le gong.*

— Les factures Kallista sont réglées par carte bleue via le serveur vocal de l'opérateur, annonça-t-il. Le banquier est tombé de l'armoire quand je lui ai dit qu'elle était morte. Son compte est alimenté régulièrement.

— Alimenté comment ? Par qui ?

— Versement d'espèces en agence. Jamais la même. En dessous de mille euros, aucun justificatif n'est demandé.

Baldec écarta ses bras et ses jambes et se dandina de droite à gauche et de haut en bas, tel un pantin cherchant à s'affranchir de son marionnettiste.

— On a peut-être affaire à une revenante.

Temps suspendu. Marquand s'approcha de lui et le fixa avec méfiance.

— Dites-moi, mon petit Baldec... Vous vous droguez ?

Pendant qu'il faisait profil bas, la taulière réfléchissait à voix haute.

— On sait de quoi elle est morte, cette Ariane Kallista ?

— Euh, non... Pas encore... bredouilla-t-il.

— Eh bien il va falloir ! Et vérifiez aussi où elle est enterrée ! Et qui s'est occupé des obsèques !

Gabriel vint au secours de son pote et reprit les rênes.

— On a quelque chose dans son passé qui pourrait motiver une vengeance ? Un viol ? Une agression ?

— Négatif. Ça, j'ai vérifié, tu penses !

— Et sur un de ses proches ? enchaîna Marquand.

— Elle n'avait pas de proches. Jamais mariée, pas d'enfants.

— Elle avait des parents, quand même ? Ou c'est le fruit d'une génération spontanée ? ironisa Marquand.

Un ange passa. Elle jeta un regard bref à sa montre.

— Bon... Faut que j'y aille. Gab, tu ne bouges pas d'ici, ordonna-t-elle avant de passer la porte. On se voit quand j'ai fini.

Les deux flics restèrent muets quelques secondes, le temps de laisser le bruit de ses talons disparaître dans le couloir.

— T'as creusé l'histoire des numéros abrégés ? reprit Gabriel.

— Ouais. L'opérateur m'a confirmé la restriction. Pour une raison bien simple : les numéros de 1 à 12 sont réservés aux états-majors des armées en temps de guerre. En temps de paix, ils ne sont pas attribués.

— Bon... Appelle l'état civil. Tu fais sortir l'acte de décès de Kallista et toute la chaîne de la procédure.

Baldec opina du chef et sortit du bureau.

Une fois seul, Gabriel se planta face à son ordinateur et lança une recherche sur Ariane Kallista. Un lien renvoyait vers le site d'une société pharmaceutique dont elle était la directrice, et un autre vers un site consacré à la recherche sur les psychotropes utilisés en médecine psychiatrique. En creusant un peu, il tomba sur un calendrier de congrès de psychiatrie auxquels elle avait assisté ces dernières années. New York 1995, Rome 2005, Toronto 2015. En consultant les galeries de photos, il remarqua que, contrairement aux autres intervenants, Kallista n'était jamais prise de face – sauf une fois, une seule, où elle donnait l'impression de s'être laissé surprendre par l'objectif du photographe.

Soudain, un doute l'assaillit. Il zooma sur le cliché, puis fit de même avec celui du passeport d'Ève Palomba. L'impression se confirma. À part la coupe et la couleur des cheveux, la ressemblance entre les deux femmes était frappante.

Son portable vibra. Coralie Lavergne l'informa qu'elle avait sollicité tous les groupes SI ou SE[1] susceptibles de monter une opération qui pouvait répondre à ce qu'il lui avait raconté. Et comme elle était perfectionniste, elle avait même élargi aux officines privées en cheville avec les services. C'était négatif. On s'était même un peu foutu de sa gueule quand elle avait décrit le personnage et le véhicule concernés par la vérif. Il remercia son ex-partenaire, lui jura qu'elle n'avait aucune raison de s'en faire pour sa santé mentale, promit de le lui prouver en déjeunant avec elle un de ces quatre, et raccrocha.

1. DGSI ou DGSE.

***

Fiback venait de rentrer les deux photos que son ami et collègue lui avait envoyées par intranet dans le Morpho System, le logiciel de reconnaissance faciale de la police nationale. Gabriel, fébrile, était penché sur son épaule.

— L'arête du nez… la forme des maxillaires… le sillon naso-labial… Pour moi, c'est la même nana, trancha le technicien.

— Non. Ce sont deux personnes distinctes, précisa Gabriel. Mère et fille, tu crois que c'est possible ?

Fiback zooma sur différents endroits des deux visages, les examina minutieusement, et rendit son verdict.

— Négatif. Trop de points de convergence. Des jumelles, peut-être… Mais même dans le cas de monozygotes, ce serait bien la première fois que je vois une telle ressemblance.

Gabriel se redressa.

— Quoi alors ? Des sosies ? C'est quoi la probabilité d'avoir un sosie parfait dans la même ville ?

— Proche de zéro. Sauf si t'habites Lyon…

Moue interrogative de Gabriel. Le flic poursuivit en réprimant un gloussement :

— Parce que les sosies sont de Lyon !

Gabriel sourit franchement. Les calembours à répétition de son collègue étaient connus – et appréciés – de toute la PJ, mais il savait que sa vie privée était pourrie. Femme partie avec son prof de pilates. Deux gosses sur les bras. Déconner sans arrêt devait agir sur lui comme les essuie-glaces sur une voiture : ça permettait d'avancer mais ça n'arrêtait pas la pluie.

Le portable de Gabriel vibra. Baldec.

— Oui, Erwann ?

— Ariane Kallista s'est fait incinérer au cimetière de Montmartre. Ses cendres ont été remises à son légataire pour être dispersées.

— Le légataire, on sait qui c'est ?

— Non. Mais on ne va pas tarder à le savoir. J'ai le nom du notaire qui s'est occupé de la succession.

***

Les places de stationnement autorisé étaient toutes prises, et les places réservées étaient squattées par des deux-roues. Gabriel se jeta donc sur un emplacement livraison, baissa le pare-soleil siglé *Police* et se dirigea vers l'angle Rivoli-Rohan où Baldec lui avait donné rendez-vous.

Malgré le tumulte des cieux, les touristes étaient nombreux. Il l'aperçut, de l'autre côté de la rue – Baldec lui faisait signe en se frayant un chemin parmi une vingtaine de Japonais en pâmoison devant les façades du Louvre. Les perches à selfie qui dépassaient de leurs parapluies faisaient ressembler le petit groupe à un gigantesque porc-épic multicolore. Alors que Gabriel s'apprêtait à rejoindre son collègue, une silhouette située de l'autre côté de Rivoli, dans l'ombre du passage Richelieu, attira son attention. Long manteau et capuche recouvrant la tête, main droite sur le pommeau d'une longue canne. La circulation était dense, mais il décida de traverser tout de même. Baldec ne comprit pas ce qu'il foutait et entendit les klaxons qui se déchaînaient. Il mit ses mains en porte-voix.

— Gab ! Tu vas où ?! Gab ?!

Comme son pote ne répondait pas, il le suivit en traversant lui aussi et manqua de se faire shooter par un livreur en scooter qui slalomait entre les voitures.

La silhouette avait disparu à l'entrée du musée du Louvre réservée aux abonnés. Gabriel bouscula quelques personnes qui se mirent à l'engueuler copieusement, exhiba sa carte professionnelle à la billetterie et entra.

Il passa d'une salle à l'autre, repéra la silhouette parmi la foule et arriva dans la salle des Cariatides. Les visiteurs étrangers étaient ébahis par la perfection des sculptures : Arès, Aphrodite, Apollon… Deux d'entre elles, le dieu Pan et un satyre dansant, semblèrent suivre Gabriel du regard quand il longea la salle.

Malgré un boitement prononcé, la silhouette accéléra et emprunta une issue interdite au public, presque sous le nez d'un gardien qui discutait le bout de gras avec une blonde à forte poitrine. Quand Gabriel voulut passer à son tour, il y eut droit, forcément, le mec voulait faire le malin. Il lui colla vite fait sa carte sous le nez et poussa la porte pendant que l'homme à casquette s'insurgeait : « Normalement il faut envoyer une demande… »

Un long couloir d'annexes, puis, au fond, une porte barreaudée qui se refermait lentement. Il mit le pied juste avant qu'elle ne claque. Derrière, une enfilade de salles voûtées étaient plongées dans la pénombre. Les réserves du Louvre. Enfin, ce qu'il en restait depuis que l'essentiel des œuvres du musée situé en bord de Seine avait déménagé dans un gigantesque entrepôt situé à Liévin – mais conçu par des Anglais – pour les préserver de la crue centennale annoncée par les experts en expertise qui, pour une fois, avaient eu le nez creux.

Il tendit l'oreille. Devant lui, quelqu'un cavalait sur du métal. Il accéléra et déboucha sur une passerelle qui enjambait une chaufferie et permettait l'accès à une autre aile des réserves. Il la franchit et s'arrêta pour écouter. Les bruits de pas venaient maintenant de la partie supérieure. Il s'engouffra dans l'escalier métallique situé à sa gauche et atterrit dans une grande pièce remplie de caissons de bois, à l'intérieur desquels on pouvait apercevoir tout un tas de bustes de marbre, grecs pour la plupart. Au fur et à mesure qu'il avançait, à la faveur de l'éclairage verdâtre des néons des issues de secours, leurs visages figés semblaient grimacer. Il s'approcha de la rambarde pour profiter du peu de lumière qui filtrait d'un vasistas poussiéreux. Soudain, une petite lumière se mit à clignoter dans sa tête, mais un poil trop tard. Presque immédiatement, un bruit dans son dos. Quelqu'un le poussa violemment par-dessus la rambarde. Une chute de trois mètres qui, coup de bol, se finit sur la passerelle située juste en dessous.

Au moment où il tentait de se redresser, son assaillant se laissa tomber face à lui. Alors que la forme menaçante avançait, Gabriel entendit un grincement mécanique. Suspendue aux chaînes d'un palan électrique coulissant, une caisse était en train de glisser vers eux. L'agresseur tourna la tête trop tard et ne parvint pas à l'éviter. La caisse le percuta de plein fouet et l'envoya valdinguer de l'autre côté du garde-corps. Dans le même temps, Charon se laissa choir du treuil auquel il s'était accroché et vint aider Gabriel à se relever. La voix de Baldec se rapprochait.

— Gab ! T'es où ?! Gab !

Gabriel se précipita sur le garde-corps de la passerelle, mains sur ses reins en vrac, et jeta un œil en bas, à l'endroit où l'homme avait chuté. Personne.

— Ça va ? questionna Charon.

— Putain… Qui c'est, ce mec ?

— Celui que tu cherches.

— Merci, je sais ! C'est lui que j'ai coursé à l'INSEP. Et toi ? Qu'est-ce que tu foutais là ?

— Je surveille ton cul. Je t'ai dit que toi et moi on pouvait empêcher un autre meurtre. Mais pour ça il faut qu'on soit deux ! Et donc que tu restes vivant !

— Pourquoi tu m'as pas aidé à le serrer, alors ?!

— Pas l'endroit, pas le moment.

Baldec était maintenant tout près.

— Gab, t'es où ?! Gab, putain ?!

Gabriel tourna la tête une seconde pour répondre à ses appels.

— Là ! Ici, Erwann !

Quand il se retourna, Charon avait disparu. Gabriel ne s'en étonna pas plus que cela. Il commençait à être habitué. Baldec surgit, rassuré de le voir sain et sauf.

— Putain, tu m'as foutu les jetons ! Qu'est-ce qui s'est passé ?! Après qui t'étais ?

***

Ils sortirent d'une pharmacie de la rue Saint-Honoré et empruntèrent la rue des Pyramides vers Rivoli. Encore sous le choc, Gabriel s'envoya deux Doliprane avec une gorgée d'eau minérale pendant que Baldec tentait d'en savoir un peu plus.

— Le même mec que sur Candella, t'es sûr ?

Gabriel opina tout en s'envoyant une nouvelle rasade.

— Et t'as pu voir sa tronche, cette fois ?

— Non.

— Qu'est-ce qu'il foutait là ?

— Aucune idée…

— Tu crois qu'il était à ton cul ?

— Pourquoi *à mon cul* ?

— Je sais pas, moi. Peut-être pour éliminer le seul mec qui pourrait le reconnaître. Celui avec qui il s'est chicoré après avoir buté le nageur.

Gabriel semblait cogiter. L'hypothèse, bien que peu probable, n'était pas dénuée de sens. Baldec tordit les lèvres.

— Manteau long et capuche sur la tête, tu dis ?

— Ouais…

— Putain, maintenant que j'y pense, tu sais que ça me fait penser à quelqu'un, ça…

— Qui ça ?

— *Assassin's Creed*…

Gabriel ne releva pas. Ils entrèrent sous un porche de bois qui jouxtait le McDonald's de la rue de l'Échelle.

— Excuse-moi… j'suis con, fit Baldec en passant la porte. Mais franchement ça craint ton histoire.

***

Décor haussmannien dans son jus, emblématique de l'architecture néoclassique du XXe siècle. Costume trois-pièces strict et mine sévère surmontée de lunettes à monture d'écaille : si Pierre-Henri de Chazelles n'avait pas été habillé de tweed, on aurait presque pu le croire contemporain des lieux. Il ouvrit le dossier Kallista avec force cérémonie, puis commença à lire d'une voix monocorde.

— La procédure date d'il y a cinq ans. Mme Kallista n'avait aucune famille et avait souhaité léguer l'ensemble de ses biens à une personne de confiance. Nous avions opté pour la rédaction d'un acte authentique. Voilà… indiqua-t-il en tendant un feuillet à Gabriel. Elle avait désigné comme légataire universelle une nommée… Palomba. Ève Palomba. Médecin psychiatre de son état.

Gabriel était sur le cul, mais n'en laissa rien paraître. Il tendit la main vers de Choiseul, qui hésita avant de lui faire glisser le dossier.

— Un hôtel particulier à Paris, un immeuble à New York, lut-il.

— Oui. C'était une grosse succession, confirma le notaire.

— Qui était Ariane Kallista par rapport à elle ?

— Je ne lui ai pas demandé. On peut nommer comme légataire universel la personne de son choix, qu'elle soit de la famille ou non.

— Vous avez rencontré Mme Palomba ? questionna Gabriel après réflexion.

— Non. Elle était aux États-Unis. J'ai fait parvenir la demande de succession à l'ambassade. En l'absence d'héritiers réservataires, le legs se fait automatiquement.

Histoire de manifester sa présence, Baldec intervint.

— Qui s'est occupé des obsèques ?

— Mme Palomba, précisa le notaire. Mme Kallista avait choisi la crémation.

Gabriel fit glisser la main dans sa poche intérieure et lui montra la photo figurant sur le passeport d'Ève Palomba, en prenant soin de cacher le nom avec son pouce.

— Maître, pouvez-vous me dire si vous reconnaissez Mme Kallista sur cette photo ?

De Choiseul croisa ses mains sur le bureau et inclina son buste.

— Tout à fait, confirma-t-il en se reculant dans son fauteuil. C'est bien elle. La coiffure mise à part, peut-être.

Baldec tiqua, mais Gabriel évita son regard.

Ils passèrent la porte de l'immeuble ensemble. Collant aux basques de Gabriel, Baldec semblait plus que désappointé.

— Tu la sors d'où, cette photo de Kallista ?

Gabriel était perdu dans ses pensées. Sa théorie, fumeuse un temps, devenait de plus en plus logique. Mais de moins en moins crédible.

— Eh, Gab ! J'te parle !

— C'était pas Kallista.

— Ah bon ? C'était qui alors ?

Gabriel s'arrêta au bord de l'avenue.

— On se retrouve au bureau.

— Gab, putain ?!

— Au bureau ! lança-t-il en traversant vers sa voiture.

***

Marquand comparait la photo présentée au notaire avec celle de Kallista. Baldec semblait mal à l'aise.

— Donc si je comprends bien, ça, c'est Ariane Kallista… dit-elle en montrant une photo.

Gabriel opina.

— Et ça, continua-t-elle en tendant une autre photo, c'est le docteur Palomba. Ta psy ?

Baldec avait la désagréable impression d'avoir un train de retard. Il tourna la tête vers son pote.

— Tu vois une psy ?

Gabriel ne répondit pas. Marquand enchaîna ; elle ne tenait pas non plus à entrer dans les détails.

— C'est qui ? Sa fille ?

— Négatif, répondit Gabriel. Kallista n'a pas eu d'enfants.

— J'ai vérifié, confirma Baldec du bout des lèvres. Je peux savoir pour cette histoire de psy ?

— Et Fiback est catégorique, continua Gabriel en ignorant la question. Il exclut la fille, le sosie et les jumelles.

Marquand détaillait les photos en faisant la moue.

— Et tu en conclus quoi ?

— Je ne sais pas encore où ça mène, mais il n'est pas impossible qu'Ève Palomba… soit aussi Ariane Kallista.

Baldec affichait un air circonspect. Marquand plissa les yeux, faisant ainsi presque disparaître sa glabelle, ce qui était chez elle le signe de la plus grande incrédulité.

— Tu accuses ta psy d'usurpation d'identité ?

— Non... Je dis que ces deux femmes ne sont peut-être qu'une seule et même personne.

Il avait balancé ça sans y croire vraiment lui-même et guettait la réaction de ses deux collègues. Tandis que Baldec levait les yeux au ciel, Marquand jetait un œil à la date de naissance qui figurait sur la fiche d'Ariane Kallista : 21 janvier 1951, à Londres. Puis elle scruta la photo de Palomba.

— Une seule et même personne, tu dis...

Elle fit le calcul vite fait.

— Qui aurait donc... soixante-dix balais ?

Elle approcha la photo de son visage et laissa échapper un sifflement admiratif.

— Eh ben, fais-moi penser à lui demander la marque de son antirides !

Gabriel tenta d'argumenter, mais il sentait que plus il en dirait, plus il s'enfoncerait.

— Je sais que ça peut paraître dingue dit comme ça...

— Ça, tu peux le dire, le coupa Marquand. Et y a pas que ça de dingue en ce moment, si tu veux savoir ! Y a un gardé à vue fantôme ! Y a aussi un tueur que personne d'autre que toi n'a vu ! Un brigadier que tu manques d'écraser, ouais, ça vient de tomber... Tous les jours y a un truc ! Et maintenant ta psy qui serait une... une quoi, d'ailleurs ?

Temps suspendu. Marquand fit le tour de son bureau et tira un imprimé administratif d'une chemise, qu'elle posa devant Gabriel.

— J'espérais ne pas en arriver là, mais tu ne me laisses pas le choix. Signe-moi ça.

— Qu'est-ce que c'est ? demanda Gabriel.

— Une demande de récup, tu as besoin de prendre du repos.

Gabriel chercha du secours auprès de son pote, qui avait l'air aussi emmerdé que lui.

— Excuse-moi, Gab, mais il y a encore cinq minutes j'ignorais que tu voyais une psy...

Grand moment de solitude. Gabriel se pencha pour signer, et quand il se redressa, il porta la main à ses lombaires endolories.

— Et profites-en pour faire une radio.

— J'ai pas besoin de...

— Tu fais ce que je te dis ! l'interrompit Marquand. Et naturellement, à partir de maintenant, interdiction formelle de revoir ta psy Machin-Chose. J'appellerai demain. J'inventerai quelque chose qui tienne la route.

Gabriel sortit sans un mot. Marquand et Baldec se retrouvèrent seuls, plantés comme deux ronds de flan au milieu du grand bureau.

— Son boulot, c'est tout ce qui lui reste, murmura Baldec. Si vous le débarquez, vous le tuez.

— Ah, me les cassez pas, Baldec ! cingla Marquand. La solidarité entre flics, ça va un temps ! Je dirige une brigade de cent dix fonctionnaires, je n'ai pas le temps de faire des heures sup comme infirmière !

Baldec se tut. Marquand semblait aussi désolée qu'en colère, mais c'était elle la taulière et il fallait qu'elle assume.

— Allez, rompez ! Vous venez de passer chef de groupe !

***

Gabriel grimpa dans l'Audi garée en épi sur le parking du 36. Il soupira longuement, tendit ses avant-bras sur le volant et bloqua son regard dans le vide.

Qu'était-il allé raconter ? Un flic avait le droit d'envisager des hypothèses farfelues ou tirées par les cheveux, du moment qu'on pouvait mettre une paire de pinces autour des poignets d'un coupable présumé ou certifié. Mais ce qu'il venait de proposer l'avait fait passer pour un barjo. Ou pire, un con. « Parfois, mieux vaut ne rien dire et risquer de passer pour un con que de l'ouvrir et ne laisser aucun doute à ce sujet », avait un jour dit, dans son immense sagesse, Groucho Marx.

Pourtant, il sentait, il savait que la solution se trouvait quelque part derrière tout ça. Et le seul moyen de savoir s'il avait raison consistait à aller au bout. Peu importe ce qu'il adviendrait. Il s'en foutait. Et ça, c'était un putain d'avantage.

Devant l'entrée carrossée, deux camions commençaient à charger des armoires et des bureaux. Le vent et la pluie ne simplifiaient pas la tâche des manutentionnaires, mais ils œuvraient tout de même en luttant contre les éléments en furie.

Des policiers de la BRI en tenue d'intervention sortirent du porche du 36 en courant et s'engouffrèrent dans le command-car garé à quelques encablures. Au passage, l'un des ninjas le salua. Il profita de la barrière relevée pour sortir derrière eux et engagea l'Audi sur le quai.

***

Corbeilles débordant de fruits, galimafrées de viandes, et carafes en cristal remplies de vin, Charon et Barbera étaient en train de casser la croûte au bar en compagnie du personnel de l'Amnesia : Monsieur Loyal, le jongleur loufoque, l'Arlequine coquine, la serveuse déguisée en Marilyn, Catwoman, Daphné et Chloé, sans leurs perruques, ce qui permettait de se rendre compte que l'impression de Gabriel, la veille, avait été la bonne, et les deux serveurs lilliputiens. Tous avaient déjà revêtu leurs déguisements de travail, alors que les réjouissances ne commençaient que bien plus tard en soirée.

Remarquant que l'Arlequine levait le coude avec délice, Charon balança un clin d'œil discret à Barbera.

— Je vois que tu as retrouvé le goût du blanc, jeune fille !

Le taulier partit d'un grand éclat de rire... Mais se ravisa immédiatement en croisant les regards affligés de tout le personnel féminin.

Soudain, une sonnerie stridente retentit et tous les regards convergèrent vers le maître des lieux. Sur son signe de tête, ils quittèrent les lieux ensemble, en silence, comme s'ils ne faisaient qu'un. Barbera alla ouvrir.

La silhouette de Gabriel apparut sur le seuil.

— Commandant ? Que me vaut le plaisir ? fit-il sur un ton affable.

Le policier entra sans répondre et se dirigea vers le bar. Débarrassée de sa frénésie nocturne, l'ancienne cathédrale semblait avoir retrouvé la sérénité liturgique qui seyait à sa vocation première.

Gabriel posa sur le comptoir le journal qu'il tenait entre ses mains et avisa les victuailles éparpillées.

— Vous étiez en train de déjeuner ?

— Juste une petite collation. Vous voulez du raisin ? Un peu de vin ?

— Non, merci. Du rouge au p'tit déj, je n'ai pas encore osé, répondit-il en remarquant les carafes débordant de rouge et de blanc.

— Mieux vaut le vin d'ici que l'eau de là… fit Barbera dans un sourire.

— Vous êtes seul ? demanda Gabriel en regardant partout autour.

— Oui, pourquoi ?

Il continua à scruter la pièce, comme s'il doutait de sa sincérité. Puis il revint au motif de sa visite.

— Le type qui était avec moi hier soir… avec les deux femmes… Vous vous souvenez ?

— Euh, oui… Vaguement.

— Il faut que je lui parle.

— Désolé, je ne le connais pas perso…

Gabriel ne lui laissa pas le temps de finir sa phrase, il le coupa en haussant le ton.

— Arrête ton cirque, tu veux ! Je ne sais pas quel rôle tu joues dans tout ça et je m'en tape ! Mais il faut que je le voie. Et vite ! conclut-il en tournant les talons.

— On se tutoie maintenant ? ironisa Barbera. OK, ça me va.

Puis il se rendit compte que Gabriel avait laissé son journal sur le comptoir.

— Commandant ! Tu oublies ton journal !

— Je te le laisse. Je ne lis pas la presse, lança Gabriel sans se retourner.

Dès qu'il fut sorti, tout le personnel revint au bar en silence. Havane au bec, Charon remarqua le quotidien plié en deux. Il tendit la main et l'ouvrit. À l'intérieur, les photos d'Ève Palomba et d'Ariane Kallista. Il sourit à Barbera.

— Bien… Je crois qu'il a compris.

***

Le commandant François-Xavier Braun, responsable de toute la vidéosurveillance de la préfecture de Police, accompagna Gabriel dans un dédale de couloirs.

— Je suis vraiment désolé de ne pas avoir pu être là. Comme je te l'avais dit, j'enterrais mon père le même jour à Périgueux.

— T'inquiète, vieux. Y a pas de problème.

— Anne et moi, on est allés au cimetière le mois dernier. Juste tous les deux.

Gabriel hocha la tête en guise de remerciement et lui fila une tape amicale sur le bras. Braun et lui se connaissaient depuis l'école de police à Cannes-Écluse, et ils avaient suivi des parcours presque similaires jusqu'à ce qu'une bastos de 7,62 sortie de la kalachnikov d'un braqueur de fourgon vienne lui exploser la rotule et mette fin à sa carrière à l'OCLCO[1]. Braun avait pu garder sa guibole, mais pas la mobilité qui lui permettait de chasser la crapule. Ses compétences acquises dans les nouvelles technologies lui avaient sauvé la mise en lui donnant la possibilité de participer à la création du PVPP, le plan de vidéoprotection de la préfecture de Police, l'énorme chantier de modernisation de la surveillance des rues de la capitale qui avait été lancé en 2010. Il prévoyait la mise en place d'un centre de commandement unique et le recours à toutes les technologies d'aide à la décision en matière de sécurité. Aujourd'hui, même si Braun n'était pas le plus haut gradé, il était un peu le *commander-in-chief* de tout le barnum.

Ils entrèrent dans un bureau situé à l'écart de la salle de commandement. Braun s'approcha d'une unité centrale dans laquelle il inséra sa carte à puce destinée à tracer toutes ses recherches.

1. L'Office central de lutte contre le crime organisé.

— Je te demande juste de te limiter au secteur que tu m'as indiqué, les cravates nous font de plus en plus chier dès qu'on a le malheur de s'écarter de la réquise.

Il entra son identifiant et lança le logiciel. Celui-ci sélectionna les caméras qui, parmi les quatre mille œuvrant à Paris, couvraient le secteur des Champs-Élysées. En quelques secondes, les images enregistrées par celles de l'avenue George-V s'affichèrent en mosaïque sur l'écran géant. Gabriel prit la place de son pote dans le fauteuil.

— Merci, FX. Je te revaudrai ça.

Braun sortit. Gabriel commença la recherche. Il sélectionna la caméra plantée sur la sortie de l'Amnesia, avenue George-V, entra une date dans le logiciel et mit le mode *lecture rapide*.

Autres jours. Autres lectures. Il remarqua soudain un couple qui sortait et grimpait dans une Maserati blanche. Zoom.

La femme était vêtue d'un long trench, elle avait relevé ses cheveux sous une casquette gavroche et portait des lunettes noires. L'homme se la jouait rock star de la tête aux pieds. Cuir en bas, en haut et au milieu, *goggles* d'aviateur sur le front. Gabriel reconnut tout de suite Chris Moon et trouva que son accompagnatrice ressemblait à s'y méprendre à Palomba. Il imprima. Même chose un autre jour. Cette fois, il en était sûr, c'était bien Palomba, et elle était avec Candella.

Son portable se mit à vibrer dans sa poche. Palomba justement. Il décrocha, troublé par l'étrange coïncidence.

— Allô... Oui ?

— Je vous appelle au sujet de notre prochain rendez-vous, fit Ève sans préliminaires.

— Euh... d'accord.

— Êtes-vous libre ce soir ?

Il y a quelques minutes, il aurait répondu non, qu'il n'était pas libre. Qu'il devinait très bien ce qu'elle avait derrière la tête et qu'il n'avait aucune envie de remettre le couvert. Mais, à présent, il savait que c'était elle le lien entre ses trois affaires. Le seul, et donc forcément le bon.

— Oui.

— Bien. Je vous envoie l'adresse par texto. J'ai quelque chose à vous dire, précisa-t-elle avant de raccrocher.

Il rangea son téléphone et resta pensif quelques secondes, les yeux fixés sur l'image de la psychiatre qui s'affichait sur l'écran de l'ordinateur. À partir de maintenant, les événements allaient se précipiter et il allait falloir qu'il soit à la hauteur.

13

Murs à refends, immenses fenêtres rectangulaires, frises sculptées. La façade du musée Baccarat, ancien hôtel particulier de Marie-Laure de Noailles, descendante du marquis de Sade, en imposait. À peine Gabriel s'était-il garé devant l'entrée principale, située place des États-Unis, que le voiturier se dirigeait vers lui pour ouvrir la portière. Les immuables bonnes manières du personnel des établissements de luxe avaient toujours eu sur lui un effet rassurant. Le type en livrée lui tendit un coupon et s'installa au volant de l'Audi pour aller la stationner aux emplacements officieusement mis à disposition par la préfecture. Alors qu'il allait s'engager sous le porche décoré de la tenture pourpre barrée du *B* doré stylisé, emblème de la maison de cristallerie, son portable vibra. Numéro inconnu.

— Oui ?

— C'est ce soir ou jamais, fit la voix de Charon au bout du fil. Je ne serai pas loin, mais fais quand même gaffe à ton cul, précisa-t-il avant de raccrocher.

Gabriel se retourna et scruta les alentours. Il vit le Checker passer au ralenti de l'autre côté du square Thomas-Jefferson, et disparaître derrière la statue de

Myron T. Herrick. Il rangea le portable au fond de sa poche et entra.

Briques brutes enchâssées de lambris et dorures. Candélabres de cristal. Le décor du Cristal Room Baccarat, le restaurant du premier étage, était fastueux, et la clientèle, rare. Cinq couples, dont deux à la même table : les femmes étaient peu mais chèrement habillées, les hommes, en costume cravate. Recouvrant tout le mur du fond, *La Jeunesse de Bacchus* de Bouguereau donnait le ton.

Une hôtesse sexy conduisit Gabriel jusqu'à la table à laquelle Ève Palomba était installée, et lui présenta la chaise. Yeux de velours et décolleté plongeant. Au-dessus d'elle, les *Deux Satyres* de Rubens semblaient le surveiller de près.

— Bel endroit, je ne connaissais pas…

— On ne peut pas tout connaître, dans la vie… Mais on a toute la vie pour essayer, rétorqua-t-elle en souriant.

— Et donc je me suis renseigné avant de venir. Il paraît que Lacan venait souvent ici. Un hasard ?

Elle se contenta d'un nouveau sourire malicieux. Il décida d'attaquer tout de suite dans le bois dur.

— Ça vous arrive souvent d'inviter vos patients au restau ?

— Tu n'es plus mon patient, dit-elle en marquant un temps. Je viens d'envoyer mon rapport à ta direction. J'y indique que tu es sain… D'esprit et de corps. Je ne suis donc plus ta psychiatre et rien ne nous empêche maintenant de sympathiser. Et par conséquent, de se tutoyer.

Sans attendre l'assentiment de Gabriel, Palomba fit signe à une serveuse en jabot, laquelle vint leur servir à chacun un verre de la bouteille de vin qui était posée sur la table.

— Merci, fit-elle en portant le verre à son nez pour en humer le contenu en connaisseuse.

La serveuse s'éclipsa. Palomba la regarda s'éloigner, les yeux fixés sur son déhanché.

— C'est un vin très rare, qui vient d'Arcadie, précisa-t-elle en détachant son regard de la silhouette. On dit qu'il rendait les hommes fous d'amour et les femmes fertiles.

Gabriel jeta un coup d'œil à l'étiquette estampillée *Vin d'Héraia* qui représentait une divinité grecque stylisée. La teneur en alcool annonçait que le breuvage n'était pas destiné aux enfants de chœur.

Elle leva son verre, lui aussi. Ils trinquèrent.

Au fond du restaurant, deux couples assis à la même table se laissaient aller à quelques effleurements suggestifs. Palomba les regarda faire, intéressée. Gêné, Gabriel plongea le nez dans la carte, mais la psychiatre la lui retira gentiment des mains et fit signe à la serveuse, qui approcha pour prendre la commande.

— Nous prendrons l'agneau confit. L'agneau de Dieu qui enlève le péché du monde !

La serveuse nota en souriant du coin des lèvres, pivota élégamment sur ses escarpins et s'en alla.

— Je vois que tu aimes bien prendre les choses en main, remarqua Gabriel.

Palomba retira sa chaussure droite, tendit la jambe sous la table et posa son pied sur son entrejambe.

— Oui. J'aime prendre *les choses* en main. Tu as changé depuis notre première rencontre, tu es redevenu ce que tu as toujours été. Un battant.

Gabriel se pencha et retira délicatement son pied. Palomba sourit, se rechaussa et avala une gorgée de vin.

— Tu me trouves trop directe ?

— Trop, je ne sais pas. Très… oui.

— « J'ai décidé d'être heureuse parce que c'est bon pour la santé ! », lança-t-elle avant de reprendre une rasade.

— Lacan ?

— Voltaire.

Gabriel enchaîna sur le même mode devinette :

— « Les seuls sentiments que l'homme ait jamais été capable d'inspirer au policier sont l'ambiguïté et la dérision. »

— Je ne vois pas.

— Vidocq. Autre devinette… dit-il après avoir marqué un temps. Quel est le lien entre Chris Moon, Bertrand Saint-Preux et Fabien Candella ?

Palomba but une nouvelle gorgée de vin sans le quitter des yeux.

— Je ne sais pas.

— Vraiment ?!

Il sortit une enveloppe de sa poche et étala sur la table trois photos. Palomba avec Moon et Candella à la sortie de l'Amnesia, et celle prise par Renucci avec Saint-Preux.

— Qu'est-ce que ça veut dire ? s'insurgea-t-elle.

— Tu les connaissais !

— Oui, concéda-t-elle après une brève hésitation. Et alors ?

— Quelles étaient tes relations avec eux ?

— Qu'est-ce que ça peut te faire ? Je suis majeure, non ?!

Gabriel colla son regard au sien et la dévisagea. Palomba comprit qu'elle ne s'en tirerait pas comme ça.

— Je baisais avec. Ils étaient brillants. J'aime les hommes brillants. Pourquoi me parles-tu d'eux ?

— Parce qu'ils ne brillent plus. Ils sont morts. Tous les trois…

— Je sais, oui… murmura-t-elle sur un ton affecté.

— Dans des conditions très étranges, précisa Gabriel.

— Comment ça, *étranges* ? Les journaux ont parlé d'accidents.

— Des accidents, oui… que la médecine légale n'arrive pas à expliquer.

Il sentait qu'il se passait beaucoup de choses sous le crâne de la psychiatre, mais rien ne sortait. Aucun doute, Palomba faisait preuve d'une grande maîtrise de soi.

— Accidents ou pas, trois de tes amants disparaissent en moins d'une semaine, et toi, tu considères que statistiquement ça tient la route ?

Elle leva son verre et le finit d'une traite. Gabriel profita de la brèche et poursuivit.

— Et ce n'est pas tout. Figure-toi que tu es le seul point commun entre ces trois hommes. Pardon, il y a aussi une certaine… Ariane Kallista. Une femme morte il y a trois ans qui a fait de toi sa seule légataire.

Son verre était vide. Elle voulut se resservir, mais il lui prit la bouteille des mains pour le faire à sa place. Il versa le vin lentement, de façon à guetter sa réaction.

— Qui était cette femme par rapport à toi ?

— Une patiente !

— Ben voyons…

— Qui se savait condamnée… Et qui n'avait pas de famille ! Où est le problème ?

— Le problème… c'est qu'elle a appelé les trois victimes juste avant leur mort. Son portable, en tout cas, continua-t-il en posant une photographie de Kallista sur la table. Et qu'elle te ressemble drôlement.

Palomba pencha brièvement le menton vers la photo.

— La ressemblance n'existe que dans ta tête !

— Pas que dans la mienne, non. Dans d'autres têtes aussi. Celles de flics de l'identité judiciaire, entre autres.

Il croisa les bras sur la table et avança le buste vers elle.

— Il y a pas longtemps, on m'a reproché d'être trop pragmatique et cartésien. C'est pourtant la moindre des choses, pour un flic. Le pragmatique que je suis devrait donc se dire qu'en vertu des indices récoltés tu es ma tueuse. Que, pour une raison que j'ignore, tu liquides les mecs que tu t'envoies. Comme une espèce de mante religieuse : j'ai vu un docu là-dessus, c'est impressionnant. Pourtant, ce n'est pas toi que j'ai coursée l'autre soir à l'INSEP, et ce n'est pas toi qui m'es tombée dessus au Louvre. C'était un mec, j'en suis sûr.

Palomba l'écoutait, impassible. Gabriel décida de changer de braquet.

— Parle-moi de ce taxi.

— Quel taxi ?!

— Une espèce de taré qui parle d'ordre universel et de patron barbu, et qui se fait appeler *Charon*. Il a déboulé dans ma vie juste avant que les macchabées commencent à s'accumuler. C'est avec lui que j'étais à l'Amnesia, l'autre soir. C'est lui qui s'est débrouillé pour qu'on se rencontre, soi-disant par hasard.

Gabriel la vit changer de visage.

— Je sais pas encore qui c'est, mais je vais finir par le savoir. Vu son discours, il a dû s'échapper d'un hôpital psychiatrique.

Palomba allait ouvrir la bouche, mais il la coupa, histoire d'enfoncer le clou.

— C'est quoi le lien entre vous ? Vous êtes tous les deux membres d'une putain de secte à la con, c'est ça ?!

L'accusation semblait avoir fait mouche car la psychiatre avala une longue lampée de vin – signe évident qu'elle tentait de masquer son trouble.

— OK, je chauffe... fit-il sur un ton qui se voulait proche de la confidence. Je crois qu'il est temps que j'aille interroger ton mari. Ça sent le crime passionnel à plein nez, cette histoire.

Cette fois, Palomba parut franchement déstabilisée.

— Je ne te le conseille pas !

— Ah bon ? Pourquoi ?

— Tu sais qui est mon mari, non ?

— Je sais, oui. Et donc ?

— Tu as donc intérêt à avoir de sacrés arguments. Et puis de toute façon, c'est inconcevable.

— Pourquoi inconcevable ?

— Inconcevable.

— Tu as l'air bien catégorique. Tu penses que tu peux répondre de ton mari à ce point ?

— Je peux.

— Et je peux connaître tes raisons ?

— Ces raisons me regardent.

— Peut-être, mais elles ne vont pas tarder à regarder aussi la police.

— Ne fais pas ça ! laissa-t-elle soudain échapper en le fixant droit dans les yeux.

— Ah bon ? Et pourquoi ça ?

Elle baissa la tête, consciente d'en avoir trop dit – ou pas assez. Il monta le ton.

— Tu sais quelque chose ?!

Elle resta mutique.

— C'est quoi, l'histoire ? Il pensait que sa femme était une gentille psy et il s'est rendu compte que c'était une pute ? Et donc il a pété un plomb ?

Palomba semblait extrêmement contrariée par l'insinuation. Ses yeux fixèrent la table un instant. Quand elle les remonta vers lui, son regard avait changé.

— Bien… Je crois que je vais devoir revenir sur mon rapport. J'avais conclu à ta bonne santé mentale et je m'aperçois que ce n'est pas le cas, asséna-t-elle en se levant.

— Tu vas où ?

— Aux toilettes, tu permets ? « Nul n'est exempté de dire des bêtises ; le malheur, c'est de les dire avec sérieux. » C'est de Montaigne ! Le mieux est qu'on en reste là !

Il lui chopa le bras tandis qu'elle passait à côté de lui.

— On va pas en rester là, non.

Elle se dégagea et s'éloigna. Les autres convives de la salle s'étaient tous arrêtés de manger et jetaient vers lui des yeux consternés. Il fit comme s'il ne les remarquait pas et avala une gorgée de vin. La serveuse arriva avec l'agneau, posa les deux assiettes, le resservit en vin et fit de même avec le verre de Palomba, avant de s'éloigner en lui souhaitant un bon appétit. Il but une nouvelle gorgée en se souvenant de l'étonnement de Marquand devant les photos d'Ariane Kallista. *« Qui aurait donc soixante-dix balais ?! Fais-moi penser à lui demander la marque de son antirides… »*

Les hypothèses, toutes plus débiles les unes que les autres, se bousculaient dans sa tête. Le vin jouait le rôle d'accélérateur synaptique, les tanins allaient peut-être l'aider à réfléchir. La chimie opéra plus vite qu'attendu. Il se leva et fila aux toilettes.

Palomba n'y était pas.

Il arriva sur le trottoir au moment où elle s'éloignait sous l'orage dans une Maserati blanche. Coup d'œil à l'Audi garée un peu plus loin ; il apostropha le voiturier.

— S'il vous plaît ! Mes clés, vite !

Le type en livrée se dirigea vers le tableau pour prendre le trousseau, mais pas assez rapidement au goût de Gabriel. Il se précipita derrière lui et le lui arracha des mains en bafouillant quelques excuses. Il se rua dans l'habitacle et démarra en faisant crisser les pneus sur la chaussée, mais Palomba avait pris pas mal d'avance.

Tout à sa filoche, il ne vit pas la voiture stationnée de l'autre côté de la place des États-Unis, et qui venait de s'engager dans la circulation, à bonne distance derrière lui. Au volant, Baldec slalomait prudemment en prenant bien garde de rester loin de la voiture de Gabriel. À ses côtés, Albane faisait la gueule.

— Quand je pense qu'on est en train de filocher notre pote…

— Tu préférerais que ce soient les bœufs ?!

Albane ne rétorqua pas. À choisir, en effet, mieux valait que ce soient eux qui tentent de faire la lumière sur l'attitude étrange de leur collègue et ami, plutôt que de confier l'enquête aux baltringues de l'IGS[1] qui n'avaient, pour la plupart, jamais rien serré d'autre dans leur vie de flic que leurs propres fesses. Et puis, pour l'instant, ils n'avaient rien d'illégal à lui reprocher. Les cachotteries ne figuraient pas dans le Code pénal.

Mais derrière Baldec, un autre véhicule avait enquillé. Un taxi d'un autre temps. Un vieux Checker noir. Au volant, Charon composa un numéro sur son téléphone.

— C'est parti ! lança-t-il avant de raccrocher.

1. Inspection générale des services.

La Maserati avait plus d'une centaine de mètres d'avance et roulait vite malgré la chaussée trempée. Très vite, même. En plus d'être une psychiatre de renom, Palomba assurait derrière un volant. Avenue d'Iéna... Gabriel la vit brûler un feu rouge. Il fit gaffe et le brûla aussi. À droite, rue Georges-Bizet, puis à gauche sur Pierre-Ier-de-Serbie et à droite sur l'avenue George-V. La Maserati s'arrêta finalement devant l'Amnesia. Un voiturier se précipita pour ouvrir la portière à Palomba.

Gabriel se jeta en vrac sur l'avenue au moment où elle pénétrait dans la boîte de nuit. Il se rua vers l'entrée, mais un physionomiste baraqué, qui n'aurait pas été ridicule face à Shrek, lui barra le chemin. Il lui mit sa brème sous le nez. Le type s'écarta, et une fois que Gabriel eut passé la porte, il sortit son portable et composa un numéro.

Images psychédéliques sur écrans géants et basses à transpercer la cage thoracique. Sur la piste, dans les coins salon et dans les alcôves, l'ambiance était toujours aussi carnavalesque. Hommes et femmes, pour la plupart déguisés, s'agitaient en rythme, comme s'ils participaient au spectacle d'un cirque éphémère.

Près du bar, Palomba, mine contrariée, était en grande conversation avec Barbera. Quand celui-ci aperçut Gabriel en train de se frayer un chemin parmi la foule bigarrée, il attrapa la psy par le bras et l'entraîna vers le couloir qui menait aux toilettes. Gabriel avait juste eu le temps de les voir. Il traversa la piste en jouant des coudes au milieu des clubbers. Sur son estrade, le cracheur de feu envoyait des gerbes brûlantes vers le plafond. L'acrobate suspendue à son trapèze tourna la tête vers lui tout en effectuant ses figures – l'espace d'un instant, il aurait juré qu'elle lui avait lancé un clin d'œil.

Il fit le tour du bar et emprunta le couloir qui menait aux toilettes. Personne. Il entra chez les femmes : deux jolies filles étaient en train de se repoudrer le nez et ne s'offusquèrent même pas de sa soudaine présence, mais Palomba n'était pas là.

Il ressortit et accéléra le pas. Au fond, un autre couloir menait à un bureau. Il entra sans frapper. Plus le temps pour les mondanités. Le mobilier semblait emprunté à la famille Addams, et toujours pas de Palomba. Seule possibilité : la porte métallique du fond, mais elle était fermée et son accès était protégé par un pavé tactile. Il tenta tout de même de manœuvrer la poignée, en vain.

Une voix résonna dans son dos.

— Cette porte est fermée, monsieur.

Il se retourna. Le son s'était échappé de la bouche en limace d'un Lilliputien déguisé en dresseur de fauves avec redingote colorée, bottes en cuir et haut de forme constellé de paillettes. En d'autres lieux, le personnage et son accoutrement auraient été parfaitement incongrus. Pas ici.

— Mon amie est passée par là… se justifia-t-il.

— Cette porte est fermée.

— Oui, j'ai compris !

— Personne n'a pu franchir cette porte.

Gabriel était à deux doigts d'être désagréable quand la porte s'ouvrit. Barbera apparut en la refermant aussitôt derrière lui.

— Bonsoir, commandant. Que faites-vous ici ? Un problème ?

— Non, je disais à *Grincheux* que je voulais aller jeter un œil derrière cette porte.

Le dompteur à la verticalité contrariée se justifia auprès de son patron.

— Je disais à Monsieur que cette issue…

— … mène à notre club privé. Exclusivement réservé aux membres, concéda Barbera, mais dans le cas du commandant, on peut faire une exception, n'est-ce pas ? Dès qu'il nous aura dit ce qu'il compte y faire.

— Je dois parler à la femme avec laquelle tu viens d'y entrer, ça te va comme raison ? trancha Gabriel.

— Non, mais ai-je le choix ?

— Pas vraiment !

Barbera opina du chef puis appliqua la paume de sa main droite sur le pavé tactile. Un discret cliquetis métallique se fit entendre et la porte s'entrebâilla.

— Je ne suis pas votre ennemi, commandant, lâcha Barbera en poussant la porte.

— Si j'avais décidé que tu l'étais, on ne serait pas en train de discuter gentiment, crois-moi, lui répondit Gabriel en commençant à descendre les marches.

Lanternes à bougies aux murs. Corde tressée agrémentée de pommeaux en laiton représentant des grappes de raisin en guise de main courante. Au fur et à mesure que Gabriel progressait, l'escalier s'élargissait et des bruits de fête lui parvenaient aux oreilles. Il finit par atterrir dans un décor qui était la réplique de celui de l'étage, comme son exact reflet souterrain. Les mêmes lustres en verre de Murano au plafond, les mêmes tentures pourpres tombant le long d'arches gigantesques et les mêmes écrans géants qui diffusaient des vidéos érotiques.

Autour de tables débordant de bouteilles de vin et de victuailles, des hommes et des femmes en tenue de soirée festoyaient dans la bonne humeur en s'embrassant à pleine bouche. Plus loin, vautrés sur les banquettes de velours, des couples en partie, voire totalement, dénudés semblaient rejouer une version trash de la *Bacchanale* de Poussin. En haut, la boîte classique. En bas, la boîte à touze. Curieux, d'ailleurs, que Gabriel n'en ait jamais entendu parler. En vieux poulet de terrain qu'il était, il connaissait à peu près toutes les *backrooms* de la capitale, les officielles comme les officieuses. Des plus clean aux plus crades. Pour homos, les plus nombreuses, ou pour hétéros, plus rares, les clubs libertins les ayant peu à peu remplacées. Mais là, jamais aucune remontée. Aucun signalement. Il était étrange qu'un tel endroit soit passé sous le radar de la brigade de répression du proxénétisme. L'ancienne *Mondaine*.

Son apparition produisit son petit effet. Tour à tour, les participants qu'il croisait interrompaient leurs ébats et posaient sur lui des regards contrariés, comme si sa présence en ce lieu était tout à fait incongrue. Il continua, ignorant les commentaires outrés, et finit par apercevoir Palomba en grande discussion avec trois hommes en costume noir.

L'un était brun, l'autre, blond, et le troisième n'avait pas un cheveu sur le caillou. Tous les trois avaient la même gueule de croque-morts. Palomba le vit arriver vers elle et sembla halluciner. Elle s'excusa auprès de ses interlocuteurs et l'entraîna par le bras dans une pièce voûtée, isolée des autres.

— Merde alors… Vingt ans de police, je pensais avoir tout vu, ironisa Gabriel.

Palomba ne semblait pas partager son amusement.

— Comment es-tu entré ici ?!

— Je connais du monde… Mais ne t'inquiète pas, je ne vais pas contrarier tes plans cul. Je veux juste vérifier quelque chose. Après je te laisse.

— Quoi encore ?!

— Je peux voir ton sac ?

— Certainement pas ! Pourquoi ça ?

Il le lui arracha des mains. Elle voulut réagir, mais il la bloqua. Des doigts agrippèrent alors violemment son épaule, comme si un rapace d'une centaine de kilos venait de prendre ses trapèzes pour une branche. Il se retourna, le Blond était là. Dans le même temps, une autre main s'empara du sac et le rendit à Palomba. Le Brun. *Manque plus que le troisième*, se dit Gabriel avant qu'une poigne ne le saisisse au col et ne le pousse contre le mur de pierre. Celle du Chauve. Le compte était bon.

— Je ne veux plus te revoir, c'est compris ?! lui lança Palomba avant de se diriger vers l'escalier qui remontait à l'étage.

Tandis qu'il la regardait s'éloigner, le Chauve se mit à lui sourire. Un sourire qui ne sentait pas la bienveillance.

— Je te préviens, je suis flic, tenta Gabriel. Si tu ne me lâches pas tout de suite…

L'énorme poing s'abattit sur son nez.

Noir.

***

Tassé derrière le volant de sa voiture, Baldec était au téléphone avec Marquand. Il jeta un œil à sa montre.

— La Maserati vient de partir. Le problème, c'est que ni Albane ni moi ne pouvons rentrer. On est sûrs de se faire détroncher illico. (…) OK, on reste sur sa voiture. On vous prévient dès qu'il sort.

Il raccrocha. Albane semblait soucieuse.

— Je suis certaine que si on lui demandait de nous expliquer, il le ferait, putain…

Baldec ne pipa mot. Pas sûr que s'il prenait son pote à l'écart, les yeux dans les yeux, pour lui demander de tout expliquer, il lui dirait ce qu'il se passe. Et puis Baldec avait un sens profond de la hiérarchie : quand la supérieure donnait un ordre, il s'y conformait. Point.

***

Gabriel reprit ses esprits sur le carrelage des toilettes des hommes. Il sauta sur ses guiboles encore chancelantes, traversa la salle sous les mêmes regards circonspects, remonta l'escalier aussi vite qu'il le pouvait en se tenant à la main courante et se rua sur la porte. Dans la *boîte du haut,* les masques, les plumes, le strass et les paillettes gigotaient toujours comme si de rien n'était. Il fendit la foule en vérifiant que son nez, qui le lançait terriblement, était toujours à la bonne place. Pété, c'était sûr. Il rendrait la pareille à Yul Brynner dès que possible, mais pour l'instant ce n'était pas le sujet. Il arriva dehors sur le trottoir. La voiture de Palomba n'était plus là. Il alla choper le voiturier et exhiba sa carte tricolore.

— La Maserati blanche… combien de temps qu'elle est partie ?

— Euh… pas longtemps, répondit l'homme à casquette. Trois minutes, je dirais…

Gabriel cavala vers l'Audi et bondit à l'intérieur. Contact. Pied au plancher. Crissement de pneus. Il slaloma sur l'avenue, direction la Seine. *Quand l'oiseau est blessé, il rentre au nid,* pensa-t-il. Il avait donc une petite idée de l'endroit où Palomba irait se réfugier.

Il colla le gyro sur le toit et enclencha le deux-tons.

Derrière lui, Baldec avait démarré aussi, mais pour des raisons évidentes de discrétion, impossible de mettre le gyro deux-tons. Il allait devoir mettre à profit les techniques enseignées lors du dernier stage de conduite rapide effectué, moins d'un an auparavant, sur le circuit du Mans. Dans la vraie vie, n'importe quel jeune permis pouvait s'acheter un bolide s'il en avait les moyens et s'il pouvait l'assurer. Dans la police, seuls les flics habilités pouvaient conduire des voitures dites *rapides*. Qualification qui prêtait à sourire – pour ne pas en pleurer – quand on comparait le parc automobile *rapide* des flics et celui des voyous.

Pont de l'Alma et à gauche sur le quai d'Orsay. Baldec vit Gabriel brûler le feu du boulevard Saint-Germain et passer de justesse entre deux voitures qui pilaient. Il attendit un peu et se faufila. C'est alors qu'il aperçut des phares dans son rétroviseur qui firent la même chose que lui. Une espèce de gros taxi noir dont il ne put identifier la marque.

Il accéléra. Saint-Germain… Gabriel roulait toujours aussi vite. Il tapa l'orange de la rue du Bac et enquilla sur Raspail. Un bus de nuit bloquait le carrefour. Baldec était bagué.

— Chier ! Putain !

Le taxi noir qui les suivait parvint à se faufiler en se jetant dans la circulation qui venait en sens inverse. Baldec fulminait.

— Putain, c'est qui, ce con ?!

Jusqu'à ce moment, Albane n'avait pas remarqué le véhicule. Elle tendit le cou. Marque, couleur et immatriculation ; elle fit immédiatement le lien.

— Le taxi, putain ! C'est le taxi !

Baldec avait le sentiment d'avoir raté une info importante et ça le contrariait au plus haut point.

— Quel taxi ?! fit-il, énervé.

Le bus avança un poil.

— Vas-y, roule ! Ça passe ! cria Albane.

Il redémarra et écrasa le champignon.

— Son taxi répertorié nulle part. C'était lui, j'en suis sûre !

Arrivé sur Notre-Dame-des-Champs, Gabriel stoppa le deux-tons et retira le gyro du tableau de bord. Il recolla la Maserati juste au moment où elle s'engageait rue d'Assas.

Rue des Chartreux. Il aperçut ses feux arrière s'avancer vers la rampe d'un parking et la porte basculante qui commençait à s'ouvrir. Il gara l'Audi du mieux qu'il le put, gicla de l'habitacle et se jeta en roulé-boulé sous la porte, juste avant qu'elle ne se referme.

***

Le fleuve avait quelque chose d'étrange, ce soir-là. Outre le fait qu'il avait atteint un niveau record, pulvérisant la dernière crue historique, ses flots étaient parcourus d'innombrables secousses, comme si des centaines d'animaux marins s'ébattaient sous la surface. Des nuages d'un noir d'encre stagnaient au-dessus de Paris et des éclairs déchiraient le ciel du 6e arrondissement. Plantée à la fenêtre de son bureau, Marquand enrageait. Elle venait d'apprendre que Baldec et Albane étaient dans le vent. Elle hurlait presque dans le téléphone.

— Vous l'avez perdu à quel endroit ?!

— Angle de Saint-Germain et Raspail ! répondit Albane.

— Je vous rappelle, lança-t-elle avant de raccrocher.

Elle composa aussitôt le numéro de Gabriel.

***

Il descendit prudemment la rampe en rasant le plus possible le mur, puis entendit le moteur de la Maserati qui s'arrêtait et une portière qui claquait. Son téléphone vibra au fond de sa poche. Il y plongea la main. Marquand. Pas du tout le moment. Il rejeta l'appel et rangea le portable.

Marquand était penchée sur son téléphone mis sur haut-parleur. Pendant que ça sonnait, ses doigts battaient la chamade sur le bureau. Cinq sonneries. Trois de trop pour elle. L'un des flics de permanence de l'état-major de la police judiciaire décrocha.

— L'état-major, j'écoute…

— Marquand à l'appareil. J'ai besoin de localiser un portable. En extrême urgence !

Son visage fut soudain parcouru d'un halo jaunâtre. Le projecteur d'un rigide de la brigade fluviale qui passait sur la Seine, juste en face du 36, balançait son puissant rayon sur les berges, histoire de vérifier qu'aucun péquin ne bravait l'interdiction récente pour tout piéton non autorisé de se balader sur les quais. Les prévisions pour les jours à venir faisaient en effet redouter une dégradation encore plus violente que la tempête dite *du siècle* de 1999.

***

Gabriel surgit alors que Palomba se dirigeait vers l'ascenseur.

— Ça fait deux fois que tu me plantes, je vais finir par croire que t'as quelque chose à te reprocher !

Dire que la psychiatre fut surprise eût été un euphémisme.

— Mais… que fais-tu ici ? Tu es fou ?!

— Certainement un peu, pour m'être laissé rouler dans la farine à ce point.

Palomba n'était pas d'humeur à faire de l'humour. Elle fit quelques pas nerveux vers lui.

— Écoute… Va-t'en avant qu'il ne soit trop tard ! S'il te plaît !

Elle avait dit ça non pas comme si elle avait peur pour elle-même, mais pour lui. Il jeta un œil autour. Le parking, immense, contenait une vingtaine de voitures, dont la moitié figurait parmi les plus rares du monde : Talbot-Lago Grand Sport, Packard Panther, Oldsmobile F-88, Aston Martin Bulldog… jusqu'à la toute première Rolls-Royce de 1904. Les recherches qu'il avait menées sur la voiture que conduisait le chauffard responsable de l'accident de sa femme l'avaient rendu incollable sur presque toutes les bagnoles existantes ou ayant existé. Il s'approcha tour à tour de chacune d'elles.

— Jolie collection. Elles sont toutes à toi, ces bagnoles ? Ou à ton mari ? Sinon bravo, hein… tu te débrouilles comme une cheffe au volant. Dis-moi, tu fais des rallyes à tes heures perdues ?

Elle tendit son téléphone vers lui, menaçante.

— Si tu ne pars pas immédiatement, j'appelle…

Elle n'eut pas le temps de finir sa phrase, il la saisit par le poignet et lui piqua son téléphone.

— La police ?! nargua-t-il en ouvrant les bras. Mais elle est là, la police ! Qu'est-ce que tu veux lui dire ?! Hein ?!

Pendant qu'elle fulminait, il ouvrit l'historique des appels.

— Je vois que tu l'as retrouvé, finalement… Ça tombe bien, il y a un truc que j'aimerais vérifier.

Elle se jeta sur lui pour récupérer le portable, mais il la repoussa et continua de parcourir le journal d'appels.

L'un d'eux, parmi ceux reçus, attira son attention. Il s'agissait du numéro 7. En continuant sa recherche, il s'aperçut également que celui de Palomba était le 10. Il pensa d'abord à une banale numérotation abrégée, puis il se souvint des recherches effectuées sur le portable d'Ariane Kallista par Baldec. *« L'opérateur m'a confirmé la restriction. Pour une raison bien simple : les numéros de 1 à 12 sont réservés aux états-majors des armées en temps de guerre. En temps de paix, ils ne sont pas attribués. »*

Pour en avoir le cœur net, il activa le rappel du 7. Un message écran apparut aussitôt : « Erreur d'exécution de la requête. Erreur inconnue. »

Il refit la manip avec deux autres numéros abrégés composés récemment. Même message d'erreur.

— Tu m'expliques ?

— Que je t'explique quoi ?!

— Tu as reçu des appels de numéros invalides, attribués aux états-majors des armées uniquement en temps de guerre.

— Ça devait être des fausses manips…

Il retourna dans le journal d'appels et lui mit l'écran sous le nez.

— Des fausses manips avec des secondes décomptées ?!

Elle eut un mouvement de recul.

— Tu as peur de moi ? Ne t'inquiète pas, je ne te veux aucun mal, je veux juste la vérité. Et je sais que tu la connais, en totalité ou en partie !

Gabriel avait l'impression qu'elle avait envie de tout lui dire, ou en tout cas de lui en dire plus que ce qu'elle avait bien voulu avouer jusqu'à présent, mais ça ne sortait pas.

— Tu ne comprends pas. Tu ne peux pas comprendre ! gémit-elle, navrée.

— Essaie quand même ! J'ai tout mon temps.

Pendant que Palomba semblait se désespérer de son obstination, il remarqua trois voitures bâchées un peu plus loin. Intrigué, il s'approcha de la première et fit voler la toile de polypropylène. Dessous, une Aston Martin One-77 – soixante-dix-sept exemplaires dans le monde, d'où le nom.

— Deux solutions, enchaîna-t-il. La première, ton mari tue tes amants. Tu n'es au courant de rien. Ça fonctionne, mais ça n'explique pas le mystère Ariane Kallista et comment il leur a fait ce qu'il leur a fait. Donc ça me va pas.

Il se dirigea vers la deuxième et retira la bâche. Ferrari F60 America. Encore mieux, seulement dix modèles dans le monde.

— Deuxième solution, ton mari tue tes amants et tu le sais, ou tu t'en doutes. Ça expliquerait ta conduite de ce soir, mais ça n'explique toujours pas l'aspect Kallista ni comment il s'y serait pris.

Voyant Palomba de plus en plus mal à l'aise, il continua, persuadé que la solution du mystère se trouvait quelque part par là.

— C'est quoi, l'histoire ? Tu t'es inventé une fausse identité pour baiser tranquillement sans que ça rejaillisse sur ton job ? Tu ramènes tes amants chez toi, enfin chez vous, et il se branle derrière une vitre sans tain, c'est ça ? Il aime te regarder te faire baiser ? En tout cas il aimait ça, et puis il n'a plus aimé !

L'argumentaire fut troublé par un coup de tonnerre auquel Palomba sembla porter une attention particulière.

— Où vas-tu chercher de pareilles âneries ?!

— Dans les archives de la PJ ! Tu sais, tous ces tarés qu'on s'est coltinés quand on a fait comme moi vingt ans de Criminelle. Tu as lu mon dossier, non ? Tu dois pouvoir facilement imaginer !

— Pour la dernière fois, je te demande de partir d'ici, lui lança-t-elle, de plus en plus nerveuse.

Ignorant l'injonction, il se dirigea vers la dernière voiture bâchée et fit voler la protection. Dessous, une Mustang Shelby GT350R modèle compétition. Beige. Rayée de noir. Numéro 98 sérigraphié sur le capot et la portière conducteur.

Il resta scotché. Il savait que ce modèle, conduit par tous les plus grands pilotes américains de l'époque, était le plus cher de l'histoire. Mais surtout, il se remémora la déposition du chauffeur du camion, cent fois relue : *« Une Mustang, oui… Je suis sûr… C'était la même que celle de McQueen dans* Bullitt, *mais en beige avec des lignes noires tout du long et un numéro sur la portière, un 8 je crois. »*

Il fit le tour et remarqua que le côté droit présentait une trace de choc. Il s'accroupit. La tôle était enfoncée sur presque toute la longueur et, sur la peinture beige, un peu de peinture rouge était visible.

Tempête sous un crâne. Il comprit soudain que la voiture qu'il cherchait depuis des mois se trouvait là, sous ses yeux.

— Ton mari… il est où ?

— À Londres, pour affaires… Pourquoi ?

Gabriel mit du temps à répondre, pas tout à fait capable encore d'appréhender la brutalité de cette soudaine et violente réalité. Il se souvint alors des mots de Charon, quand il s'était planté devant le mur de photos, chez lui. *« C'est le même… »*

— Le mec qui a brûlé le feu et que ma femme a percuté avant de s'encastrer dans le camion… il conduisait une Mustang compétition. Comme celle-là, expliqua-t-il en récupérant un peu de peinture rouge à l'aide d'une clé de son trousseau. La voiture de ma femme était rouge.

Palomba sembla se prendre le ciel sur la tête. Sa colère céda la place à une détresse palpable.

— C'est peut-être… une coïncidence ?

— Une coïncidence ?! Tu te fous de ma gueule ?!

Le portable de Gabriel se mit à vibrer. Il jeta un œil à l'écran et le montra à Palomba. C'était un appel d'Ariane Kallista.

— Le moment de vérité, dit-il avant de mettre sur haut-parleur. Oui, j'écoute…

Ce fut une voix masculine qui s'exprima à l'autre bout du fil. Une voix calme, et des mots parfaitement articulés.

— Vous parliez de *coïncidence*, commandant. Connaissez-vous la différence entre une coïncidence et ma femme ? souffla-t-il en marquant volontairement un temps. Il y a des coïncidences qui ne trompent pas !

Dehors, le tonnerre grondait à nouveau. La lumière des éclairs s'insinuait à travers les vasistas du parking. Un bruit de moteur résonna : une voiture s'engageait sur la rampe. Palomba attrapa Gabriel par la main et voulut l'entraîner avec elle.

— Suis-moi ! Vite !

— Qui c'est ?! lui demanda-t-il en résistant. Ton mari ? Je croyais qu'il était à Londres ?

Palomba s'accrocha à son bras.

— Je t'en supplie, écoute-moi ! Tu n'es pas de taille !

La Rolls Wraith apparut sur la dalle, s'avança lentement pour s'arrêter à quelques mètres d'eux. Le chauffeur alla ouvrir la portière arrière à Harold Hammerman. En voyant la montagne de muscles se mouvoir, Gabriel eut l'impression d'avoir devant lui le croisement improbable entre Hulk et une femelle bonobo. Le magnat prit le bras de son chauffeur et déplia sa longue silhouette abîmée en s'aidant de son bâton de marche.

— Bonsoir, mon aimée, fit-il en savourant autant la surprise de Gabriel que la stupeur de sa femme.

***

Marquand arracha le combiné dès la première sonnerie.

— Marquand, j'écoute ! (...) Entendu. Merci.

Elle raccrocha immédiatement et appela Baldec dans la foulée.

— Son téléphone a été repéré par le relais du 133 Montparnasse, annonça-t-elle. Le secteur, c'est grosso modo le Montparnasse, la rue d'Assas et le Saint-Michel.

— C'est bien reçu. On y va, dit Baldec.

Marquand fouilla dans ses papiers à la recherche de la feuille sur laquelle elle avait noté les coordonnées du docteur Palomba. Son cabinet se trouvait place de Colombie, mais d'après le fichier des cartes grises, une Maserati récente avait été enregistrée à son nom au 3, rue Michelet, en plein milieu de la zone couverte par le relais.

— Erwann, allez vous poser à vue du 3, rue Michelet. Et surtout, ne faites rien avant que j'arrive ! OK ?

— OK. Qu'est-ce qu'il y a au 3, rue Michelet ? demanda-t-il en croisant le regard d'Albane.

— Faites ce que je dis ! ordonna la voix de Marquand. Et tenez-moi informée !

— Reçu.

La Commissaire engagea un chargeur dans le Glock 19, sauta sur son manteau et se rua hors du bureau.

***

Sur un signe de tête de son patron, le chauffeur de la Rolls récupéra deux valises dans le coffre et disparut dans l'escalier qui menait aux étages supérieurs du bâtiment. Hammerman s'approcha de sa femme, essuya son œil et la foudroya du regard.

— Tu fais venir tes amants chez nous, maintenant ?!

Il plongea la main dans sa poche et lui lança un téléphone portable.

— Je te le rends, dit-il en fixant Gabriel. Celui-là sera le dernier… je pense.

Palomba était sidérée. Il s'agissait de son portable, celui qu'elle croyait avoir perdu. Elle consulta les appels émis ces derniers jours. Moon, Saint-Preux et Candella y figuraient… et Gabriel, à l'instant.

— C'est toi qui as fait ça ?! Mais… comment as-tu pu ? Nous n'avons pas le droit !

Ignorant la remarque de sa femme, Hammerman s'approcha de la Mustang accidentée et considéra la trace de choc d'une mine navrée.

— C'était à la fin du mois de juin, tu te souviens ? Tu m'avais dit que tu partais à Rome pour un congrès.

Un taxi s'arrête avenue du Général-Leclerc, à Saint-Cloud. Ève Palomba descend du taxi et passe la grille d'un hôtel particulier.

— Je t'ai vue entrer chez lui. J'ai attendu. Longtemps. Et puis je vous ai vus sortir.

Hammerman attend, tassé dans sa Mustang. Ève Palomba et Chris Moon ressortent dans une Ferrari California jaune. Au volant de la Mustang, Hammerman démarre derrière.

La Ferrari est bloquée au feu, à la limite de Garches. Hammerman s'arrête sur sa droite pour ne pas se faire repérer et les voit s'embrasser. Ses mains se crispent sur le volant.

— J'ai vu vos bouches se toucher. Ma rage était aussi forte que ma douleur…

Le feu repasse au vert. La Ferrari met du temps à redémarrer. Hammerman les laisse prendre de l'avance… mais quand il redémarre à son tour, le feu vient juste de passer au rouge.

— J'ai entendu un crissement de pneus et j'ai vu la voiture sur ma droite.

Il tourne la tête. Une Mini Cooper rouge venant de sa droite fait une embardée pour l'éviter, le percute et va s'encastrer dans le camion qui venait en face. Son regard reste figé quelques secondes dans son rétroviseur, puis il accélère et disparaît sur l'avenue.

— Je suis désolé pour ta femme et ton fils, avoua-t-il à Gabriel. Vraiment…

Celui-ci était incapable de bouger, figé par l'aveu. Hammerman s'approcha de sa femme. Un affreux rictus déforma un peu plus son visage.

— Après Arès, tu avais fait une promesse !

— Les promesses n'engagent que ceux qui les écoutent ! rétorqua-t-elle en le défiant du regard.

La claque, monumentale, la cueillit par surprise et la projeta au sol. Gabriel voulut se précipiter pour lui porter secours, mais Hammerman le chopa au col et l'envoya valdinguer sur le capot de l'Aston Martin. Le choc déclencha l'alarme, qui résonna dans tout le parking. Hammerman s'avança en faisant tournoyer son bâton d'ivoire. Une majorette d'un mètre quatre-vingt-dix et de plus de cent kilos.

Gabriel évita le coup en roulant sur le capot et tomba au sol. Son occiput rencontra le béton et n'aima pas cela. Palomba se releva, fit le tour de la voiture et l'agrippa par le bras.

— Par ici ! Vite !

Encore à moitié groggy, il la suivit vers l'escalier qui grimpait au rez-de-chaussée. Elle se rua sur la poignée de la porte et l'entraîna avec elle. Hammerman les suivit dans l'escalier.

Tandis qu'ils grimpaient les marches aussi vite que possible, on entendait ses pas et le cliquetis de l'embout en argent de son bâton sur le sol. Sa voix de stentor résonna dans la cage d'escalier.

— Ma femme se refuse à moi mais s'offre à tout le monde ! Oh, je sais… Il y en a qui disent que c'est normal. Quelqu'un comme moi… avec quelqu'un comme elle…

***

Assis dans la voiture, à vue du bâtiment en briques rouges, Baldec et Albane ne comprenaient pas bien ce qu'ils foutaient ici.

— Pourquoi elle nous envoie planquer devant une fac, putain ? grogna Baldec en jetant un œil à sa montre.

— Ancienne fac, précisa Albane, elle est en travaux depuis presque un an et d'après ce que je sais, elle est pas près de rouvrir.

Son portable vibra.

— Albane, j'écoute. (...) Quoi ?! T'es sûr ?! (...) OK. Merci ! fit-elle avant d'ouvrir la portière.

— Tu vas où ?! Marquand a dit de l'attendre !

— C'étaient les zonzons, Gab vient d'être appelé par le portable Kallista ! annonça-t-elle en giclant du véhicule. Et d'après la technique, il est à l'intérieur de ce bâtiment !

— Chier ! marmonna Baldec en sortant à son tour.

Gabriel arriva le premier au rez-de-chaussée. Il traversa le hall et se rua sur la porte d'entrée principale en tentant d'actionner les poignées, en vain. Il refit la même chose avec chacune des deux autres portes placées de part et d'autre de la première.

— Ça ne sert à rien, c'est fermé ! cria Palomba. Viens !

À travers les parois de verre opaque et d'acier, il distingua les gyrophares qui tournoyaient dans la tempête, et des ombres autour. Il frappa les frises de métal de ses deux mains en hurlant.

— Ici ! Je suis là ! Ici !

— Viens ! Vite ! Il arrive ! cria à nouveau Palomba.

Hammerman surgit à cet instant du sous-sol. Gabriel rejoignit Palomba qui commençait à grimper les marches de l'escalier central. Hammerman les vit monter et entama son ascension derrière eux, presque calmement.

En arrivant devant l'entrée principale du bâtiment, Albane avait cru distinguer quelque chose à l'intérieur.

Comme une forme mouvante, mais sans aucune certitude, il aurait tout aussi bien pu s'agir de son propre reflet. Baldec l'avait rejointe et cherchait comment entrer, mais tout était fermé. Normal, la fac en travaux ne devait être accessible que la journée. Au-dessus d'eux, les nuages se télescopaient dans le ciel rouge. Des éclairs déchiraient l'air. Des poubelles furent emportées.

— Putain, mais c'est le déluge ! hurla Albane, un tantinet inquiète.

Gabriel sur ses talons, Palomba fondit dans ses appartements et ferma la porte à clé derrière eux.

— Putain de merde ! C'est qui, ce mec ?! Terminator ?!

Elle se jeta sur le téléphone en ignorant la question.

— Tu appelles qui ?

— Quelqu'un qui pourra nous aider.

Dans le même temps, Hammerman arriva sur le palier et arracha la porte de l'armoire électrique.

Plus de tonalité. Palomba raccrocha.

— J'ai plus rien !

Gabriel sortit le SIG du holster et fit monter une cartouche dans la chambre.

— Bon, ça suffit les conneries… J'en connais un, moi, qui va nous aider, t'inquiète pas !

— Ça ne te sera d'aucun secours ici, crois-moi !

Soudain, la porte s'ouvrit dans un énorme fracas. Hammerman entra au moment où un éclair transperçait la pièce, ce qui donna à son imposante silhouette un air encore plus menaçant.

— Le plus drôle… c'est qu'après tout ce qu'elle m'a fait subir, je devrais la haïr… Mais je n'y arrive pas.

Palomba s'interposa entre Gabriel et lui.

— On n'a pas le droit de s'en prendre à eux ! Tu connais la loi !

— La loi ?! Celle qui te permet de m'humilier chaque jour un peu plus ?! rugit-il en tendant un index rageur vers le plafond. Celle qui leur permet de rire de moi ?! Je les emmerde, tu comprends ?

Il écarta les bras et déploya sa gorge vers le plafond.

— Vous m'entendez ?! Je... vous... em... merde !

Gabriel eut l'impression d'assister à la répétition du spectacle de fin d'année d'un asile d'aliénés.

— Putain, mais faut le faire enfermer, ce con !

— Tu es complètement fou ! hurla Palomba.

— Tu as raison. Je suis fou, fou d'amour pour toi ! meugla-t-il en tendant sa main vers elle.

— Bon, tu arrêtes maintenant ! ordonna Gabriel en braquant son arme sur lui. Ne m'oblige pas à avoir recours à la manière forte.

— *La manière forte* ? fit Hammerman dans un sourire. Je suis curieux de voir ça. Allez, fais-moi plaisir... Montre-moi !

Hammerman s'approcha. Gabriel balança un pruneau dans le plancher de chêne massif, puis leva l'arme vers ses jambes.

— La prochaine, elle est pour ta rotule.

Hammerman avança encore. Gabriel appuya de nouveau. Le coup de feu claqua et résonna dans toute la pièce... mais Hammerman continuait d'avancer. Gabriel hallucina. La bastos aurait dû lui pulvériser le genou, pourtant il n'en était rien. Le choc l'avait tout juste ralenti et lui avait tiré une légère grimace, mais sans plus. Gabriel hésita puis visa plus haut, l'épaule cette fois, mais le géant était déjà trop proche de lui. Il fit valser le flingue avec son bâton et lui envoya un coup au niveau du plexus. Gabriel eut le souffle coupé, comme si sa poitrine avait été transpercée, puis il répliqua. Des coups plurent de part et d'autre, coups de poing, de coude, auxquels Hammerman semblait insensible. Alors que Gabriel venait de se ramasser, il agrippa son épaule et l'envoya valdinguer contre un mur. Le flic s'écrasa au sol, le dos et la nuque en vrac. Tandis qu'il se relevait péniblement, Hammerman vint le choper à la gorge et le souleva en le plaquant contre le mur. À bout de forces, Gabriel suffoquait.

— Elle est belle, n'est-ce pas ? lui souffla-t-il en s'approchant de son oreille. Belle à couper le souffle !

L'air n'entrait plus dans ses poumons. Palomba s'avança vers eux et se mit à supplier son mari.

— Laisse-le ! S'il te plaît ! Il n'y aura que toi ! Je te promets !

— « Les promesses n'engagent que ceux qui les écoutent », tu disais… répondit-il en jetant un regard dédaigneux à Gabriel. Quand je pense que c'est avec ça que tu me trompes ! C'est menteur, corrompu… C'est… mortel ! Je n'aurai vraiment aucun regret à les regarder sombrer.

— Ne fais pas ça, nous devons les protéger ! implora-t-elle.

— Alors il ne fallait pas me les faire haïr !

Il accentua la prise autour du cou de Gabriel et plongea ses yeux dans les siens.

— Il est temps pour toi d'aller rejoindre ta famille.

Palomba se jeta sur lui en hurlant, mais il l'immobilisa en refermant son énorme poigne sur sa gorge. Gabriel tentait de se libérer de l'étreinte – en vain. Il était à bout. Il ferma les yeux…

Un jardin fleuri. Marie et Tom sont en train de jouer.

Lentement, ils se tournent tous les deux vers lui en souriant.

Soudain, une voix résonna dans le dos d'Hammerman.

— Arrête ! Lâche-les !

Il se retourna. Charon était là, planté dans l'encadrement de la porte.

Il relâcha sa prise. Sa femme tomba à genoux en se tenant la gorge et en toussant.

— Nocher ?! Mais… que fais-tu ici ?

— Je suis venu te stopper.

— Me stopper ?! Toi ?! s'écria Hammerman dans un grand éclat de rire. Aurais-tu bu trop de nectar ? Et d'ailleurs… qui t'a autorisé à me parler ainsi ?

— Nous !

Le Chauve venait d'apparaître à son tour dans l'immense pièce.

— Il suffit maintenant ! Lâche-le !

— Minos ?! Mais c'est un festival !

Hammerman hésita, puis baissa le menton, comme résigné.

— Soit… Comme tu voudras, magistrat. Je le lâche…

Il desserra son étreinte, décolla Gabriel du mur… et le projeta violemment vers la fenêtre.

Palomba, hallucinée, vit la scène se dérouler au ralenti.

Elle vit la fenêtre qui se brisait…

Gabriel qui passait au travers…

Charon qui plongeait et le saisissait par le bras au moment où il basculait dans le vide…

Et Hammerman qui prenait la tangente, talonné par le Chauve.

***

Des débris de verre tombèrent sur le trottoir. Baldec et Albane levèrent la tête. Un corps pendait dans le vide. Un instant plus tard, des mains le tirèrent à l'intérieur.

— Putain, mais... c'était Gab ! cria Albane.

Ils traversèrent la rue pour avoir une meilleure vue sur la façade du bâtiment, mais plus rien ne bougeait. Baldec se mit à hurler vers la fenêtre brisée.

— Gab ! Gab ! On est là ! Gab !

Il arracha le Motorola de sa ceinture, actionna la pédale d'émission et gueula dans le micro.

— Z2 de Cristal 20 ! Z2 de Cristal 20 !

Quelques secondes à peine avant que la voix du flic de permanence à l'état-major ne retentisse dans le haut-parleur.

— Parle, Cristal 20 !

— Collègue en danger rue Michelet, sur le 6 ! Je répète... collègue en danger rue Michelet, sur le 6 ! Besoin immédiat d'une équipe BRI !

— Bien reçu, Cristal 20 ! Je fais le nécessaire !

***

Charon était agenouillé près de Gabriel, allongé au sol et toujours inconscient. Il palpa la carotide. Pouls absent. Pendant que Palomba commençait le bouche-à-bouche et le massage cardiaque, il se rua hors de la pièce.

Lorsque Hammerman arriva dans le hall, son chauffeur gisait au sol, inanimé. Il descendit l'escalier qui menait au parking aussi rapidement qu'il le pouvait, sauta au volant de la F60 et démarra sur la gomme vers la sortie. Mais le Brun était là, lui barrant l'accès à la rampe. Il enclencha la marche arrière et fit *burner* les pneus en reculant à fond, quand le Blond apparut dans son rétro. Il freina et s'extirpa de l'habitacle en hurlant.

— Cet endroit est protégé !

Une voix résonna dans son dos.

— Il l'était. Tant que tu respectais la loi !

Il se retourna. Le Chauve venait de surgir dans le parking, suivi de Charon. Tous les quatre se disposèrent lentement autour de lui, de façon à l'encercler. Il se mit alors à faire tournoyer son bâton au-dessus de sa tête.

— Vous savez ce que j'en fais, de votre loi ?! crâna-t-il. Avancez donc, que je vous tanne la couenne, messieurs les magistrats !

Le Chauve se jeta sur lui ; Hammerman esquiva et le projeta contre la porte de l'ascenseur, qui se déforma sous l'impact. Le Blond et le Brun lancèrent en même temps un nouvel assaut, mais le boiteux leur envoya une volée circulaire de coups de bâton et faucha leurs appuis. Tous deux tombèrent au sol sans un cri. Hammerman s'amusait de la démonstration de force et provoquait maintenant le Taxi.

— À ton tour, nocher ! Viens donc !

Comme Charon hésitait, Hammerman bondit dans les escaliers pour remonter vers le rez-de-chaussée. Le Taxi s'y engagea à sa suite, mais quand il poussa la porte du hall, il fut cueilli par un violent coup de bâton qui le sécha. Il posa un genou au sol et courba l'échine pour reprendre son souffle. Alors qu'Hammerman allait l'assaisonner, un aboiement terrible fit trembler les murs de l'édifice. Un énorme rottweiler était campé sur ses pattes en position d'attaque, à une dizaine de mètres d'Hammerman.

***

Dehors, Baldec et Albane avaient entendu l'aboiement.

— C'était quoi, ça ?! s'étrangla Albane, stupéfaite. Un chien ?

— Bien l'impression…

Ils se précipitèrent contre l'immense porte de vitres et d'acier pour tenter de distinguer quelque chose, mais les carreaux de verre cathédrale étaient trop épais et ils ne pouvaient discerner que des ombres mouvantes. Le bruit du tonnerre qui redoublait les empêchait d'entendre quoi que ce soit. Soudain, la foudre s'abattit sur le toit de l'édifice.

***

Tandis que le chien avançait vers Hammerman, babines retroussées, les trois hommes en costume surgirent à leur tour.

— Héphaïstos !

La voix de stentor provenant de l'étage cloua tout le monde sur place. Hammerman leva la tête. Un colosse, barbe et cheveux longs, vêtu d'un grand manteau de cuir, se tenait debout sur la rambarde de pierre de l'escalier et serrait dans sa main une lance à deux fourches. Hammerman stoppa net.

— Hadès…

L'homme se laissa choir dans le vide, son cuir flottant telle une aile gigantesque de chauve-souris, et atterrit sur ses deux jambes devant Hammerman.

— Elle n'avait pas le droit de me traiter comme ça ! fit celui-ci, résigné.

Le colosse n'avait pas l'air de partager l'analyse.

— Ton argument n'est pas recevable, tu le sais.

— Je ne peux pas vivre sans elle…

— Il va pourtant falloir t'y habituer.

Il tendit la main.

— Ton attribut !

Hammerman, soudain docile, lui remit son bâton d'ivoire. Tandis que son chauffeur sortait doucement des vapes, il aperçut Aphrodite, qui venait d'apparaître à l'étage.

— Aphrodite, tu viens aussi ! ordonna le colosse en levant les yeux vers elle.

Palomba descendit l'escalier et vint se poser face à lui en affichant une mine désolée.

— Si tu avais tenu ta promesse, rien de tout cela ne serait arrivé.

Palomba sembla accepter la décision car elle ne réagit pas. Elle jeta un regard courroucé à son mari, puis s'adressa à voix basse à Charon :

— Prends soin de lui, nocher.

Charon opina en silence, puis, sur un signe de tête du colosse, les trois juges escortèrent Hammerman, son chauffeur et Palomba vers l'escalier qui menait au sous-sol. Avant de leur emboîter le pas, Hadès se tourna vers Charon.

— Le patron s'est calmé. Tu as son accord… et le mien. Mais ne t'avise plus jamais de prendre ce genre d'initiative !

Charon inclina le menton en guise d'assentiment respectueux. Une fois que tout le petit groupe eut disparu, il jeta un œil aux gyrophares qui dansaient derrière la grande porte vitrée et se précipita vers l'escalier en grimpant les marches quatre à quatre.

***

Marquand sauta de sa voiture et rejoignit Baldec et Albane.

— Impossible de joindre le doyen ou la mairie, donc on va faire sans ! Situation ? interrogea-t-elle, fébrile.

— Vous n’allez pas le croire… fit Baldec.

14

Charon s'agenouilla près du corps inerte de Gabriel et abattit son poing sur sa poitrine. Il émergea, tel un apnéiste remontant à l'issue d'un record du monde. Après avoir repris contact avec la réalité, il lança des regards paniqués autour de lui en se redressant tant bien que mal. Il avait l'impression que tout son corps avait été piétiné par un troupeau de mustangs au galop.

— Où il est ?!

— Parti affronter nos juges.

— De quoi tu parles ?! Tu l'as laissé se barrer, putain ?!

Il récupéra son arme tombée au sol et se mit à chercher partout. Mais l'appartement était désert.

— Il sera puni comme il se doit.

Gabriel revint vers lui et agrippa violemment son col.

— Il est où, nom de Dieu ?!

Le Taxi se dégagea d'un chassé de bras. Gabriel lui décocha une droite dans le menton.

— Putain, ça faisait longtemps que j'en avais envie… fit-il, satisfait.

Charon massa sa mâchoire endolorie, puis lui sourit.

— Bien… Ça va mieux ?

— Ouais… et si tu ne me dis pas ce que je veux savoir, je continue !

Le Taxi ouvrit grand les bras en renouvelant son sourire.

— Mais je t'en prie…

Gabriel se jeta sur lui. Charon esquiva et le flic se retrouva le cul par terre.

— Jusqu'à présent tu n'as vu que ce que tu croyais, maintenant je vais demander à ton cerveau reptilien de fournir un petit effort et de croire ce que tu vois.

Le Taxi alla fouiller dans l'immense bibliothèque murale du salon, ouvrit un vieux grimoire de cuir et le fit glisser sur la table. Il s'agissait d'une représentation d'une toile de Boucher, *Vénus rendant visite à Vulcain*.

— Héphaïstos aime passionnément Aphrodite… Aphrodite aime passionnément la vie… et les plaisirs. Tu as dû apprendre ça en classe, non ?

Gabriel considérait béatement l'ouvrage. Charon retourna à la bibliothèque choisir un autre livre. Comme il lui tournait à présent le dos, Gabriel saisit une chaise par le dossier, s'approcha et la lui fracassa sur les épaules.

— Aïe ! Merde ! gueula le Taxi en se retournant brusquement. Putain mais qu'est-ce que je t'ai fait ?!

Gabriel était comme un con, morceaux de chaise en main. Charon ne paraissait pas plus atteint que s'il avait reçu une bonne bourrade amicale.

— Combien de fois il va falloir que je te répète que je ne suis pas ton ennemi, nom de Zeus ?!

Résigné, Gabriel jeta les débris par terre. Charon arrangea son manteau, saisit un gros livre de cuir et le lança ouvert sur la table. *Vénus et Mars pris dans les filets de Vulcain*, de Van Heemskerck.

— Je disais donc, Aphrodite et Héphaïstos… Vénus et Vulcain, si tu les préfères romanisés. On se doutait bien qu'un jour ou l'autre il y aurait encore un problème. Pas qu'il s'en prendrait à l'un d'entre vous. Strictement interdit. Et chez nous, on ne peut pas condamner sans preuves. *In flagrante delicto,* disaient les Romains… qui, en fait, n'ont rien inventé.

Un violent coup de vent propulsa une déferlante à l'intérieur de la pièce. Charon se dirigea vers la fenêtre cassée, la referma comme il le put, puis revint vers lui.

— Je venais de conduire le rockeur de pacotille sur l'autre rive quand je t'ai rencontré. Je venais chercher mon nouveau client…

Gabriel se figea. Les images défilaient devant ses yeux sans qu'il puisse y résister. Il se revit sur les berges de la Seine, le soir où il avait prévu d'en finir. Ce fameux soir à partir duquel les événements bizarres s'étaient enchaînés.

— Un homme rongé par le chagrin…

Gabriel pose l'index sur la queue de détente… et tire.

Son corps s'affaisse sur la chaussée. Pantin désarticulé.

Des phares surgissent de la nuit.

Le Taxi s'approche du corps inerte trempé par la pluie.

— Tu étais une star dans ton domaine. Elle aime tout ce qui brille. En créant les conditions d'une rencontre, je savais qu'elle te mettrait à son tableau de chasse… et que tu deviendrais une cible pour lui. Bon… en principe, c'est pas mon job, mais je me fais tellement chier, parfois. T'imagines, les mêmes allées et venues d'une rive à l'autre depuis… une éternité.

Il marqua un temps et continua sur un ton bienveillant.

— J'avais conduit ta femme et ton fils sur l'autre rive, il y a six mois. En te voyant, je me suis dit, tiens… allez… celui-là, ça vaut le coup et il va pouvoir nous rendre service.

Des gyrophares percèrent les colonnes de précipitations. Trois voitures de la BRI s'arrêtèrent à l'angle de la rue Michelet et de l'avenue de l'Observatoire. Neuf flics en tenue d'intervention sortirent des voitures et rejoignirent Marquand, Baldec et Albane. Le hurlement combiné du vent et de la pluie obligeait la patronne de la Crim' à crier pour se présenter à leur chef.

— Marquand. Brigade criminelle.

— Betschar… C'est quoi, le topo ?

Gabriel tentait de rassembler ses esprits tant bien que mal.

— T'es qui, putain ?!

— Je t'ai déjà donné mon nom, mais tu ne m'as pas écouté. Beaucoup d'hommes sont doués de raison, mais peu de bon sens.

Il alla ouvrir un autre gros bouquin et le fit glisser jusqu'à Gabriel. C'était une représentation de Charon, le nocher des Enfers, un vieillard à la longue barbe hirsute. Gabriel semblait commencer à accepter l'inacceptable.

— Le passeur des âmes… fit-il.

Le Taxi ouvrit grand les bras et s'inclina en souriant.

— Pour te servir.

La moue dédaigneuse que lui adressait Gabriel lui indiquait pourtant que ce n'était pas encore gagné.

— Tu t'attendais à voir un vieillard en guenilles ? La faute aux peintres, ça... Ils n'en ont toujours eu que pour Apollon et compagnie.

— T'as réponse à tout, hein...

— Tant que tes questions me le permettent.

Gabriel lui lança le regard qu'un médecin psychiatre destinerait à un patient persuadé que tout le monde est fou sauf lui. Il soupira, puis jeta des coups d'œil prononcés autour de lui.

— Tu cherches quoi ?

— Ben... les effets spéciaux. Pour pimenter ton discours. Un peu de foudre, une explosion... ironisa-t-il.

— Non... En fait, la pyrotechnie, c'est pas notre truc. Et on est loin d'avoir autant de pouvoir qu'on le dit. On guide, on conseille, on murmure à votre oreille la nuit quand vous dormez, expliqua Charon en faisant quelques pas tranquilles autour de lui, mains dans le dos.

Gabriel le suivit des yeux, mais lorsqu'il tourna la tête de l'autre côté pour ne pas le perdre, Charon fit un grand pas vers lui et saisit sa tête entre ses mains. Il fut instantanément paralysé.

— Parfois, vous nous écoutez...

Gabriel se retrouva debout, dans le coin d'une modeste demeure au sol en terre battue. Il fait nuit. Sur sa couche de paille tressée, un homme dort. La voix du Taxi résonne dans sa tête. « Inde, 1924. Trois semaines que le Mahatma Gandhi jeûne lors de sa campagne de non-violence. »

Une femme entre doucement, se penche sur la couche du Mahatma et se met à chuchoter à son oreille. Le Mahatma sourit.

Le Taxi ôta ses mains du crâne de Gabriel, qui les remplaça immédiatement par les siennes, yeux écarquillés.

— Comment tu fais ça ?!

— Je ne fais rien tout seul. Je fais avec toi. Je te l'ai déjà dit. Je disais donc : parfois vous écoutez… Tu permets ? demanda-t-il en approchant de nouveau ses mains de Gabriel, qui, cette fois, ne résista pas.

Il est planté dans le coin d'une pièce meublée dans le style victorien, dont les murs sont recouverts de plans de la guerre de Sécession. Sur le bureau trône une copie holographe du discours de Gettysburg, l'une des cinq seules copies signées, datées et intitulées par Abraham Lincoln. Dans un grand lit en bois de rose, un homme barbu somnole. Debout près du lit, un majordome noir se tient immobile.

Tandis qu'il assiste à la scène tel un fantôme revenu hanter un proche, Gabriel entend clairement la voix de Charon : « Nuit du 31 décembre au 1er janvier 1863. Abraham Lincoln est à la veille de la proclamation de l'émancipation des esclaves. »

Lincoln s'agite dans son sommeil. Le majordome s'agenouille près du lit et se met à lui chuchoter à l'oreille. Peu à peu, Lincoln s'apaise.

La voix du Taxi continue de résonner. Cette fois, sur un ton désolé.

— Parfois, vous n'écoutez pas…

Une chambre. La nuit. Sur le bureau, un journal daté du 30 janvier 1933 annonce qu'Adolf Hitler est devenu chancelier d'Allemagne. Dans le large lit, un couple. Tandis que l'homme dort profondément, la femme chuchote à son oreille. L'homme tourne la tête. La femme change d'oreille, mais l'homme, agacé, finit par se réveiller… sans remarquer que la femme fait semblant de dormir. Il arrange sa courte moustache, plaque sa mèche du plat de la main puis se rallonge.

Charon lâcha le crâne de Gabriel, qui renoua difficilement avec le présent.

— En fait, le véritable choix dépend toujours… de vous.

Libéré de l'emprise, Gabriel s'éloigna de lui et se mit à tourner comme un lion en cage, paumes des mains sur les yeux.

— Je vais me réveiller, putain, je vais me réveiller !

— Parce que tu trouves que ce que je te raconte est plus difficile à admettre que l'existence de Dieu… Et… duuu… diaaa… ble ?!

Sur les derniers mots, la voix était comme sortie d'outre-tombe, et l'effet semblait avoir été efficace car Gabriel faisait subitement moins le malin.

Agenouillé devant la porte de gauche du bâtiment, l'artificier de la BRI installa la charge de découpe linéaire puis mit le feu à l'explosif. Une déflagration. Effet Munroe. Grâce à la convergence du souffle de l'explosion, le chambranle d'acier fut découpé sur la longueur de la cornière. Les flics entrèrent aussitôt armes au poing et investirent le hall.

Charon avait entendu le bruit de la détonation. Il s'approcha de la fenêtre et jeta un œil discrètement. Les gyros et les phares des voitures de police perçaient difficilement le manteau d'eau et de nuit. Il fallait conclure.

— Huit milliards d'individus sur terre, et tu voudrais qu'il n'y ait qu'un seul barbu pour gérer tout ça ? Sérieusement… Nous, on s'y met à plusieurs et, malgré ça, on est souvent largués. Comme en ce moment, pour tout te dire.

Il colla une oreille à la porte et poussa devant une énorme armoire haute, puis revint vers Gabriel.

— Crois-tu que ce soit un hasard si le fleuve qui coule à Paris entoure une île séparée en deux parties ? Crois-tu que ce soit un hasard qu'on rende la justice sur cette île ? Crois-tu que ce soit un hasard que la plus belle avenue du monde s'appelle *les Champs-Élysées* ?

Gabriel se revit derrière le taxi disparaissant sur les berges. Il revit le nuage de mouettes hurlant dans le vent, il revit les flots perturbés et le visage du SDF crasseux émergeant des entrailles du pont. *« Il n'a pas voulu de toi, c'est ça ? »*

— Les Grecs ont été les premiers à se rendre compte de notre présence. On faisait plutôt du bon boulot, en ce temps-là, mais trop de publicité nuit à l'efficacité. On a dû déménager pour qu'on nous oublie un peu. On a réussi. Un peu trop, d'ailleurs. Comme vous êtes une bande d'ingrats, dès qu'on a été moins visibles, vous avez fini par douter de nous et vous nous avez remplacés. Bonjour le résultat !

Gabriel secoua la tête pour empêcher l'évidence d'entrer dans son crâne. Pour accepter ce que Charon était en train de lui expliquer, il eût fallu qu'il tire un trait sur des siècles de progrès scientifiques et qu'il renie sa propre conception du monde et de l'existence – comme l'avaient fait avant lui de nombreux astrophysiciens de renom, qui, après avoir exploré cent fois l'univers et n'y avoir rien trouvé, avaient eux aussi fini par accepter la possibilité de l'existence du divin.

Il se mit à ricaner doucement.

— Donc... Si j'ai bien compris ton baratin... L'autre, là... il aurait foutu tout ce bordel pour une histoire de cul ?!

Charon partit alors dans un éclat de rire qui fit trembler les murs.

— Le cul ?! Mais c'est ce qui fait tourner le monde !

***

Les flics avaient vérifié toutes les salles du rez-de-chaussée ainsi que celles de l'entresol qui abritait entre autres le grand amphithéâtre. D'autres s'étaient engouffrés dans l'escalier qui menait au sous-sol et aux parkings du bâtiment. Ils se regroupèrent tous au pied de l'escalier pour faire le point.

***

Gabriel s'efforçait de reprendre le contrôle de la situation.

— OK... Mettons que je te croie. Vous existez. Vous êtes là... partout autour de nous. Vous êtes des putains d'Highlanders ou je ne sais quoi, dit-il en ricanant. Qu'est-ce qui va m'empêcher de balancer l'info à tout le monde ?

Charon le gratifia d'un large sourire.

— T'as envie de finir tes jours dans une pièce capitonnée avec tes manches de chemise attachées dans le dos ?

Gabriel savait bien qu'il avait raison. Depuis la banalisation à l'extrême du terme *complotisme*, on pouvait se retrouver sous tranquillisants pour moins que ça.

— T'as juste oublié une chose, cet enfoiré a tué trois mecs et il est responsable de la mort de ma femme et de mon fils ! Alors qu'il soit Grec ou Martien, c'est pas devant ta justice qu'il va se présenter, mais devant la mienne !

— Impossible.

— Tu paries ? fit Gabriel en le braquant.

Charon s'approcha de lui, jusqu'à ce que le canon de l'arme touche son torse.

— Bon… Une petite dernière pour te convaincre. Mais vite, parce qu'on est pressés, là.

Le Taxi bloqua l'arme, posa son pouce sur l'index de Gabriel… et appuya.

***

Le coup de feu fut entendu d'en bas. Tous les flics levèrent la tête presque en même temps.

— Par ici ! hurla Marquand en se précipitant dans l'escalier.

Baldec, Albane et tous les flics de la BRI enquillèrent à sa suite en grimpant les marches quatre à quatre.

***

Charon vacilla, mains sur le thorax, mais ne tomba pas.

— Putain, ça fait mal ! Merde ! souffla-t-il en grimaçant de douleur.

Gabriel était sidéré. L'ogive de 9 millimètres avait pourtant pénétré les chairs. La brûlure du tissu caractéristique de la perforation était bien là, et un peu de sang s'était répandu autour de la blessure. Mais le chauffeur de taxi était toujours debout sur ses deux jambes.

Impossible. Charon profita de son hébétement pour lui prendre le flingue des mains, puis il sépara la culasse de la carcasse et les jeta sur la grande table de marbre.

— Au cas où t'aurais envie de m'en remettre une… Je suis pas maso non plus.

Une fois à l'étage, obéissant aux ordres brefs de leur chef, les policiers de la BRI se répartirent. Trois dans le couloir de gauche, trois dans celui de droite ; les trois derniers grimpèrent à l'étage au-dessus, en compagnie des trois flics de la Crim'. Ils arrivèrent sur le dernier palier. Une porte à gauche, une autre à droite. À moitié pétée, mais bloquée. Comme si on avait poussé quelque chose de très lourd contre.

— Gab, t'es là ?! Gab, tu m'entends ?! hurla Baldec, en tambourinant dessus.

Comme personne ne répondait, les hommes en noir attaquèrent la porte au bélier.

Tandis que les impacts résonnaient à l'intérieur de l'appartement, la vieille horloge à balancier commença à sonner les douze coups de minuit.

Un… Deux…

— Bon… Fini les expériences. Il va falloir y aller. Tu nous as aidés. On n'est pas des ingrats. Demande-moi ce que tu veux.

Trois… Quatre…

Gabriel semblait enfin disposé à admettre l'incroyable évidence. Mais pour être fixé, il lança une dernière requête. Le genre de truc qui fait se réveiller en sueur en se disant qu'on a rêvé. Ou plutôt cauchemardé. Il s'imaginait déjà sortant la tête de sous l'oreiller, le tomahawk planté dans le front, rapport à la murge qu'il se serait prise la veille avec son pote Baldec, qui fêtait… il ne se souviendrait plus quoi. Il se voit descendant laborieusement l'escalier, arrivant dans la cuisine, son fils devant un bol de céréales, sa femme faisant couler un douzième café. Il l'entend déjà se foutre de lui en voyant sa tronche : « Eh ben… t'en as, une tête… » Il se voit décoiffer son fils au passage. « Papa… Arrête… J'suis pu un bébé… »

Il se voyait déjà serrer Marie dans ses bras, rassuré d'avoir rêvé. « Tu crois pas que t'as passé l'âge de te mettre chiffon comme ça ? »

— Ce que je veux… c'est revoir ma femme et mon fils.

Cinq… Six…

— Je savais que tu dirais ça. Je peux les faire revenir… Mais je ne peux pas te les rendre.

Sept… Huit…

— Ça veut dire quoi, en clair ?

Neuf… Dix…

— Ta vie contre la leur.

Onze… Douze.

La vieille armoire qui retenait la porte chancela sous les coups répétés puis tomba lourdement sur le parquet. Les flics de la BRI entrèrent les premiers, balayant l'obscurité de leurs Aimpoint.

Baldec, Marquand et Albane suivirent, armes au poing.

Statues grecques partout. Lustres monumentaux au plafond. Rayonnages de livres anciens sur toute la longueur d'un mur. Un mobilier digne d'un palais princier.

Sur un coin de la table en marbre, trois vieux grimoires en cuir ouverts et, sur le bord opposé, un SIG-Sauer P228 démonté. Baldec s'approcha et prit entre ses mains les deux pièces métalliques.

— C'est son flingue !

Dans leur dos, une fenêtre brisée mal refermée laissait encore entrer les dernières gouttes de pluie. Mais l'orage avait brusquement cessé.

15

Le soleil perçait à travers les frondaisons des arbres qui bordaient l'avenue. Gabriel finissait son jogging en petites foulées, lorsqu'il aperçut au loin dans la rue la Mini rouge de sa femme qui démarrait. Le rendez-vous chez le dentiste avait dû être avancé. Il eut alors l'idée de leur jouer un tour. Il piqua un sprint, passa le coin de la rue, coupa par la rue piétonne et arriva en vue du carrefour. Il accéléra encore pour y arriver au moment où la voiture s'y présenterait et serait obligée de ralentir. Là, il tendrait le pouce vers le ciel pour jouer les autostoppeurs. Ça ferait marrer Tom qui adorait quand son père faisait ce genre de blague.

Mais sur les derniers mètres, il vit que la voiture avait pris un peu trop d'avance et s'apprêtait déjà à bifurquer pour contourner le rond-point. Il traversa la chaussée, juste au moment où un camion passait à l'orange bien mûr.

Marie vit la Mustang beige brûler le feu devant elle. Dans un réflexe, elle mit un coup de volant et parvint à l'éviter *in extremis*.

— Non mais quel connard ! hurla-t-elle, furieuse. Ça va, chéri ?! fit-elle en se retournant vers Tom, qui n'avait pas vu grand-chose. Si ton père avait été là, il aurait passé un sale quart d'heure, cet abruti ! C'est pas vrai, ça !

Rassurée d'avoir évité le pire, elle continua sans voir le camion arrêté et le corps qui gisait sur la chaussée.

Tandis que des passants s'approchaient du cadavre de Gabriel, le chauffeur se précipita hors de l'habitacle, complètement paniqué, en les prenant à témoin.

— Il s'est jeté sous mes roues ! Vous avez vu ?! Il s'est jeté sous mes roues !

La Mini Cooper tourna au carrefour et s'éloigna.

16

Dans le jardin, les branches des arbres étaient doucement secouées par un reliquat de vent du nord, mais il ne pleuvait plus du tout.

Accrochée à l'un des murs du salon, la télévision branchée sur une chaîne d'information en continu diffusait en sourdine les dernières nouvelles.

Tom bouquinait sur le canapé. Albane était assise à côté de lui, bras autour de ses épaules. Baldec était au téléphone sur la terrasse. Il raccrocha et retourna à l'intérieur.

— Marquand nous rejoint là-bas, elle était en brief avec le préfet, fit-il à l'adresse de sa collègue. Vous lisez quoi ?

Tom lui montra la couverture de l'ouvrage, le *Larousse junior de la mythologie*, et articula d'une petite voix triste :

— C'est le livre qu'on lisait, le soir…

Baldec se rapprocha pour venir se pencher sur son épaule. Plusieurs personnages mythologiques étaient représentés. Aphrodite, Héphaïstos, Hadès, Charon. Tom leva ses yeux vers Albane.

— Ça veut dire quoi *se réincarner* ?

— Eh bien… pour ceux qui y croient… la réincarnation, c'est la possibilité pour l'âme, après la mort, de revivre dans un autre corps.

— Ah… Et ils existaient, les dieux grecs ?

Comme Albane hésitait, Baldec répondit à sa place :

— Non, Tom. C'est pour ça qu'on appelle ça *la mythologie*.

Tom se pinça les lèvres, signe qu'il était en proie à une intense réflexion.

— Et les gens qui croient à Jésus, c'est de la mythologie, alors ?

Le flash info leur évita d'épiloguer. On venait d'apprendre que le jet privé d'Harold Hammerman, le patron de l'entreprise aéronautique du même nom, avait mystérieusement disparu des écrans radars alors qu'il survolait l'océan Indien. Selon les dernières informations transmises par la direction de l'entreprise, il était seul aux commandes, son chauffeur et garde du corps était la seule autre personne à se trouver à bord avec lui.

Des bruits de pas dans l'escalier. Marie, habillée de noir, visage ravagé, s'accrochait à la rampe. Albane se précipita vers elle pour la soutenir et l'aider à descendre les dernières marches. En la voyant arriver, Tom ferma son livre et vint prendre la main que sa maman lui tendait en silence.

Baldec sortit le premier et précéda Marie et Tom dans l'allée. Albane suivit. Les deux flics les installèrent à l'arrière de leur voiture de service et prévinrent Marquand qu'ils étaient en route.

17

Cimetière de Garches. Quelques timides rayons de soleil parvenaient à percer la nappe de cumulonimbus qui stationnait encore sur l'Île-de-France. Il ne faisait pas encore beau, mais cela n'allait pas tarder.

Amis et flics étaient venus en masse. Il y avait tous ceux de la Criminelle, avec en tête Marquand, Baldec et Albane, mais aussi un bon nombre de ceux du 36, toutes brigades centrales confondues. Avec ses vingt ans de boutique et ses nombreux états de service, Gabriel était une figure emblématique. Un mec à l'ancienne. D'autres, qui avaient juste croisé sa route, étaient également là. Par solidarité. Chez les poulets de PJ, l'esprit de corps était une notion qui n'était pas encore tombée en désuétude.

Planqué derrière une haute haie de buis en compagnie de Charon, Gabriel assistait de loin à ses propres funérailles et observait le manège de circonstance. La peine ou la douleur pour certains ; la retenue chez d'autres. Des sentiments en tout cas non feints. Il le ressentait comme une évidence. Il ne se serait jamais douté qu'il puisse être autant apprécié.

Anéantie par la douleur, Marie tenait Tom serré devant elle. Baldec lui empoignait le bras pour la soutenir.

Speech du prêtre. *Un mari, un père, un collègue apprécié de tous.* Cela dura quelques minutes. Puis, tour à tour, chacun vint jeter une rose blanche au fond du trou et présenter ses condoléances à Marie.

Une fois que tout le monde fut passé, celle-ci remercia longuement le prêtre et rejoignit une femme d'une quarantaine d'années qui lui tomba dans les bras. Tout comme Gabriel, Marie était fille unique et avait perdu ses parents relativement tôt, mais il lui restait cette cousine dont elle avait toujours été proche, et sur laquelle elle pouvait compter.

Tandis qu'elles s'étreignaient, un corbeau vint se poser sur une pierre tombale toute proche et émit un long croassement rauque. Comme s'il annonçait la fin de la cérémonie.

Alors que le cimetière se vidait, Gabriel aperçut une femme, sortie de nulle part, qui s'approchait de la tombe. Silhouette aérienne, crinière rousse dépassant d'un foulard et lunettes noires sur le nez. Ève Palomba.

— Qu'est-ce qu'elle fait là ?

— Elle purge sa peine, lui répondit Charon.

Vu le regard que lui lançait Gabriel, il comprit qu'il était utile de préciser.

— Elle a été condamnée à vivre cent ans dans la peau d'une mortelle. Et donc d'éprouver tous les sentiments naturels qui vont avec : bonheur, malheur, joie, tristesse. Compassion… En fait, je crois qu'elle t'aimait plus que bien.

Après s'être recueillie quelques secondes devant la tombe, Palomba fit demi-tour et se dirigea vers la sortie du cimetière. Elle grimpa dans sa Maserati, démarra et passa près de Marquand, Albane et Baldec qui raccompagnaient Marie à sa voiture. Charon se pencha vers Gabriel.

— Hadès a permis un signe. C'est le moment.

Marie installa Tom à l'arrière de la voiture, et serra tour à tour Marquand, Albane et Baldec dans ses bras.

— S'il y a quoi que ce soit, tu m'appelles, lui glissa ce dernier, la gorge nouée. De toute façon, moi, je t'appellerai.

Marie balbutia un *merci* presque inaudible, puis s'installa au volant. Les trois flics se dirigèrent en silence vers leurs voitures respectives garées un peu plus loin.

Lorsque Marie mit le contact, la radio s'enclencha automatiquement. La voix de Cat Stevens remplit instantanément tout l'habitacle.

All the times that I've cried
Keepin' all the things I knew inside
It's hard but it's harder to ignore it
If they were right I'd agree
But it's them they know, not me
Now there's a way and I know that I have to go away
I know I have to go

Son estomac se noua et elle fut submergée par l'émotion. Gabriel adorait cette chanson, dialogue entre un père et son fils, et la passait, parfois, lorsqu'il berçait Tom pour l'endormir. Elle l'avait toujours trouvée d'une tristesse infinie, mais là, subitement, c'était comme si elle avait toujours fait partie d'elle.

C'est en attachant sa ceinture qu'elle aperçut la croix égyptienne pendue au rétroviseur. Elle se figea quelques secondes, tendit la main et la décrocha délicatement.

La chanson… et maintenant la croix… Elle resta deux secondes tétanisée, puis se tourna vers son fils.

— Tom, c'est… c'est toi qui as mis ça là ?

— Non.

— Tom, ne me mens pas !

— Mais maman… je te jure !

Hallucinée, elle lui demanda de ne pas bouger et sortit de la voiture pour rattraper Marquand, Baldec et Albane.

— C'est… c'est vous qui avez mis ça dans ma voiture ? fit-elle en leur montrant la croix.

Les flics ne comprenaient manifestement pas de quoi elle parlait.

— Non… répondit Baldec. C'est quoi ?

— Sa croix… Celle que je lui avais offerte quand Tom était encore bébé… Elle était pendue au rétroviseur… dans la voiture.

Trois regards sceptiques se posèrent sur elle.

— Marie… ça va ? demanda Marquand.

Elle resta interdite, puis tourna les talons.

— Je crois qu'il va falloir que vous soyez très présents, tous les deux, fit Marquand en la regardant s'éloigner.

Alors que Marie s'accrochait au volant afin de reprendre ses esprits, Gabriel, assis à l'arrière, s'approcha de l'oreille de Tom.

— Dis à maman que je vous aime et que je vous aimerai toujours.

Le gamin se redressa sur son siège et tendit le menton vers sa mère.

— Maman… Papa dit qu'il nous aime et qu'il nous aimera toujours.

— Qu'est-ce que tu dis ? demanda-t-elle en ajustant le rétroviseur.

— Pas moi… Papa…

Tom lui souriait timidement. Innocemment. Abasourdie, elle scruta les alentours à travers les vitres de la voiture. Il n'y avait personne, naturellement. Puis elle reprit sa position et se cramponna au volant. Ses yeux étaient inondés de larmes. Un rayon de soleil traversa l'habitacle au moment où Tom articulait doucement :

— Maman… tu sais… moi aussi, papa, je l'aimerai toujours…

Marie leva les yeux vers sa petite bouille dans le rétroviseur.

— … parce que j'ai de la mémoire.

Elle se mordit les lèvres et se força à lui sourire. Elle mit la croix autour de son cou, sécha tant bien que mal les rivières qui coulaient de ses yeux et démarra.

Gabriel avait rejoint Charon et jetait un regard infiniment triste à la voiture de sa femme qui s'éloignait.

— Elle est forte… et elle a toujours été persuadée qu'il existait quelque chose d'autre au-dessus de nous. Elle pourra s'y raccrocher. Mais mon fils… Comment il va pouvoir vivre sans son papa ?

Charon posa sa main sur son épaule.

— Naître, vivre, mourir… Tu ne crois pas que ce serait trop simple si tout se résumait à ça ?

Quand la voiture eut disparu, le corbeau s'élança de son perchoir et entama un vol plané rectiligne vers eux. Une fois qu'il fût posé sur son épaule, Charon sortit une graine de tournesol de sa poche et la lui glissa dans le bec. L'oiseau noir s'en délecta tout en fixant Gabriel de son œil rond. Il se souvint alors de toutes les fois où le corbeau avait croisé sa route. Devant l'immeuble de la psy, sous le pont Alexandre-III quand il avait voulu poursuivre le SDF dans les méandres métalliques… et même ici, lors de sa dernière visite de recueillement.

— OK… Je vois.

Charon caressa doucement la gorge du volatile.

— Lui aussi, fit-il en souriant à l'oiseau, il ne t'a jamais quitté des yeux.

Puis il entraîna Gabriel vers le Checker, l'oiseau accroché à son épaule.

— On a fait une bonne équipe, non ?

— Une équipe ?! Tu te fous de ma gueule ?! Tu t'es servi de moi comme d'une chèvre !

— Certes, n'empêche…

Il glissa une autre graine dans le bec du corbeau.

— J'ai même failli y passer je te rappelle ! s'exclama Gabriel, irrité.

Charon lui jeta un long regard amusé. Gabriel comprit ce que ça voulait dire. Au stade où il en était, il était un peu tard pour chipoter.

— Ouais… bon…

— On est d'accord… fit Charon avant de marquer un temps qu'il laissa volontairement durer. Ça te dirait de continuer ?

— Continuer quoi ?

— Ben refaire ce qu'on a fait. Redresseurs de torts. Jusqu'à présent, quand je montais un type ou une nana qui s'était fait occire lâchement, je pouvais rien faire. C'était pas l'envie qui me manquait, mais je voulais pas qu'Hadès me mute dame pipi dans une boîte trans. Avec toi, ça change tout. Les juges ont vu qu'on avait été efficaces, je suis sûr qu'ils pourraient plaider la cause. Moi, je sélectionnerais les dossiers, et toi, tu agirais. Moi, ça me distraira, et pour toi, ce sera tout bénef.

— Tout bénef de quoi ? demanda Gabriel en tendant le bras vers sa toute récente sépulture. Je suis allongé raide là-bas, je te signale !

— Ton enveloppe, pas toi.

— Mon enveloppe ?

— Bon… Je vois que t'as pas encore tout intégré.

— Intégré quoi ?

— Le livre que tu lisais à ton fils ? Tu te souviens du passage sur l'eau du Léthé ? Celle qui procure l'oubli des vies antérieures ?

Gabriel se souvenait, vaguement, mais ne comprenait pas où Charon voulait en venir. Quand ils arrivèrent près du Checker, il posa la main sur la poignée de la portière arrière.

— Monte devant. Faut qu'on cause, lui lança Charon par dessus le toit du véhicule.

Gabriel alla ouvrir la portière côté passager et s'installa. Charon susurra quelques mots au corbeau, qui prit son envol dans un long et vibrant croassement, puis s'installa à son tour. Mais au lieu de mettre le contact, il tendit ses bras vers le volant, et se tourna vers Gabriel.

— Ça ne t'est jamais arrivé d'avoir l'impression d'être déjà venu dans un endroit où tu n'avais pourtant jamais mis les pieds ? Ou de connaître quelqu'un que tu rencontres pour la première fois ?

— Parfois, reconnut Gabriel après un moment d'hésitation. Pourquoi ?

— *Transmigration… Métempsycose…* Ça te parle ?

Gabriel lui jeta un regard qui disait le contraire.

— *Réincarnation*, en clair.

Il reçut le même regard, en pire.

— OK… Bon, je t'explique… fit-il en démarrant.

Tandis que le Checker avançait sur l'avenue, l'oiseau montait toujours plus haut dans le ciel. Une fois qu'il eut dépassé les premiers nuages, il vola vers le centre de Paris et entama un vol plané concentrique au-dessus de l'île de la Cité et de l'île Saint-Louis, deux îles entourées par la Seine. Les contours de la vue aérienne qu'on discernait dans le reflet de son œil noir se confondaient maintenant avec ceux d'une ancienne représentation mythologique grecque : un fleuve entourant une île séparée en deux parties.

Le royaume d'Hadès.

Épilogue

La nuit succéda au jour, puis le jour à la nuit. Et cela recommença, en accéléré, comme si le globe terrestre avait soudain été changé en une toupie gigantesque qu'on aurait placée entre les mains d'un gamin facétieux.

Quand les jours et les nuits se furent enchaînés au point de permettre à la lune de s'arrondir pleinement trois fois, l'oiseau noir entama un piqué vers les eaux sombres de la Seine, plana un temps au-dessus des flots, et vint se poser sur le rebord du balcon d'un immeuble cossu de l'île Saint-Louis.

De l'autre côté de la fenêtre, allongée sur une table d'auscultation, Ève Palomba offrait son ventre rebondi à la main féminine qui baladait la sonde. Sur l'écran de l'échographe, l'embryon devenu fœtus depuis peu gigotait doucement.

— Vous voulez savoir ? demanda la gynécologue en lui souriant.

Ève lui rendit son sourire. Un sourire calme et serein qui était en fait l'expression d'un pur bonheur.

— Pas besoin. Je sais que c'est une fille.

Remerciements

Je remercie Alain Muller qui, le premier, m'a convaincu de l'écrire,

Philippe Lornac, qui a donné la première impulsion, celle qui fut déterminante,

Christine Singer, qui me fit découvrir Karine Giebel,

Karine Giebel, qui me présenta Céline Thoulouze,

et bien sûr, et surtout, Céline Thoulouze qui eut la gentillesse de me lire. De méditer. Et de m'éditer.

Je remercie aussi toutes celles et tous ceux qui, au sein de la maison Récamier, ont permis à ce projet de devenir un livre : Emma Lormant, Charlotte Ajam, Pauline Bertrand, Vanessa Lavergne, Maxime Guillon.

Imprimé sur du papier issu de forêts gérées durablement.

CET OUVRAGE
A ÉTÉ ACHEVÉ D'IMPRIMER
SUR ROTO-PAGE
PAR L'IMPRIMERIE FLOCH
À MAYENNE EN OCTOBRE 2024

N° d'impression : 105753
Imprimé en France